수고했어요 오늘 하루도

카툰 **홍승우** | 에세이 **장익준**

트로이목마
TROJAN HORSE

차례

②

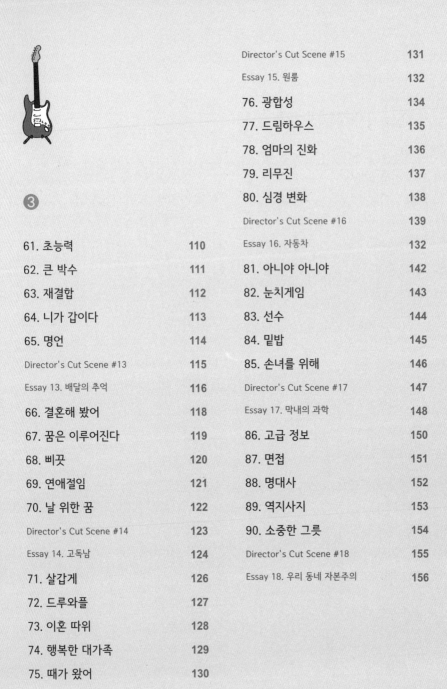

전에는 '따뜻한' 말에 신경을 썼는데
요즘은 생각이 좀 달라졌다.
따뜻한 말도 중요하지만 '한마디'가 더 중요하달까?
따뜻한 말일수록 분량 조절이 필요하다.

아무리 좋은 뜻으로 꺼낸다 해도
말이란 쌓이면 쌓일수록 문제가 끼어들더라.
따뜻한 말도 누군가에겐 부담이 되더라.
때론 말을 아끼는 것이 따뜻한 맘이더라.

1. 모닝콜

흐흐… 토리 왔니?

아~! 5분만~~!

일어나! 오늘 일찍 나간다면서!

ㅋㅋ 간지러워. 토리, 굿모닝~!

준규! 겟업!

아우어으 에으. 싫어!

자, 마지막.

……

부드러운 모닝콜. 그리고 차 한 잔의 여유.

꺄아! 토리야~!

개는 훌륭하다.

2. 미스터리

아이고… 어머니. 자식한테 준다고 김치를 잔뜩 담가 가시는 군요.

나는 촉이 꽤 좋은 사람이지.

아, 그런데 저 사람은 뭐하는 사람인지 감이 안 잡히네….

남친이 잠수 탔구먼. 당황하는 기색이 역력해.

창고 냄새에 정장 수트라… 거기에 치킨 냄새까지? 대체 뭐하는 사람이지?

저 학생은 연수입 1위 게임유튜버 방송 보고 있네.

엄청 웃긴 방송인데 표정이 진지한 걸 보니 유튜버를 꿈꾸며 분석하고 있어.

치킨집 앞에서 서성인다?!

럭럭치킨

폐업

그것도 아침부터?!

치킨 매니아인가?

3. 슈퍼맨의 비애

슈퍼…맨?

4. 미안한 마음

안 먹었으면 국밥 콜?

5. S

치킨집 때보다 지금이 더 바빠.

대리운전까지.

대리 부르셨죠?

가족 모르게 회사 다니는 척해야지.

이 정도면 거의 슈퍼맨 아니냐?

일당 벌이도 해야지.

차라리 샐러리맨 때가 좋았지. 휴~.

도배 자격증도 따야지.

사장님 가슴의 저 S.

……

……

쩝

쩝

샐러리맨의 S가 아닐까.

아침이면

다들 '죽겠다' 소리가 절로 나오는 아침이지만
다들 살아 보겠다고 일어나는 아침이다.
그래도 어딘가 나갈 곳이 있다는 얘기니까.
갈 곳이 있다는 것은 좋은 일이다.
할 일이 있다는 것은 좋은 일이다.
돈벌이가 된다면 감사한 일이다.

어려서부터 지금까지 늘 신기했다.
잠이 들면 사라지는 모든 것들이
아침이 되면 다시 이어진다는 사실 말이다.
어쩌면 우리는 밤마다 이 세상에서 사라졌다가
아침이면 다시 돌아오는 것인지도 모를 일이다.

언젠가 한번은 그 경계선을 보고자 했다.
잠이 드는 순간에 깨어 있고자 했다.
몇 번을 해 보았지만 애초에 모순된 도전이었다.
결국엔 정전이 되는 것처럼 이 세상에서 사라졌고
익숙한 나팔 소리와 함께 다시 돌아왔다.
'죽겠다'는 소리를 내면서 살아나는 거다.

어머니가 사 주신 알람시계는 나팔 소리를 내었다.
고양이 모습을 하고 왜 나팔 소리를 내는지는 모르겠지만 말이다.

아무튼 내 어린 시절의 대부분은 힘찬 나팔 소리에 이어
"아침이다! 기상! 일어나!"를 들으며 시작했다.
(알고 보니 그때 고양이가 내던 소리는 군대 기상나팔이었다.)

아침에 일어나는 것보다 더 힘든 것이 있다면
아침에 누군가를 깨우는 것이다.
일단 그 누군가보다 먼저 일어나야 하는 것도 힘들지만
대부분 그 누군가는 쉽게 일어나지 못하고
대체로 깨우는 사람에게 짜증을 내기 쉽다.
(사춘기인 아이를 깨우는 것은 그중에서도 최고 난이도일 것이다.)

하지만 누군가를 깨우는 것은 나름 보람 있는 일이다.
그 누군가를 이 세상으로 불러오는 일이니까.
'죽겠다'는 소리가 절로 나는 세상이 기다리고 있더라도
나를 기다리고 있는 세상이 있다는 것은 나쁘지 않다.
새로운 하루가 기다리고 있다는 것은 좋은 일이다.

우연히 알게 되었다.
스마트폰에서 기본값으로 되어 있던 모닝콜 음악이
그냥 효과음이 아니라 번듯한 가사까지 있다는 것을 말이다.
노래 이름이 'Over the Horizon'이라던가?
오늘도 익숙한 음악이 지평선 너머에서 나를 부른다.
'죽겠다' 소리를 내며 살아내야 할 세상으로 나를 부른다.

6. 쓰레기

7. 양씨처럼

웬일이여. 성질을 다 죽이고.

음씨 닮고 싶어서 그러지.

어허~. 어린 친구들이….

건강 생각해야지. 암 걸려….

나는 오히려 양씨 닮고 싶은데.

경비 아저씨. 놀이터에서 학생들이 담배를 피네요. 말 좀 해 주세요.

씨익   씨익

어이. 학생들. 놀이터에서 담배 피면 안 돼.

뭐래.

오~, 양씨처럼 하니까 통하네!

8. 등굣길

라떼에 비하면 등교 풍경이 많이 변했지.

'불량스럽다'라고 쓰고 '실용적'이라고 읽는다.

하지만 전교 1등 김수빈은 예외야. 나 학생 때랑 똑같아.

정다운. 오늘도 소극적이고 조용한 등교.

저 상태로 사람들을 잘도 피해서 걷네. 역시 게임의 힘이란.

어? 왜 정문 안으로 안 들어오지?

교복이 커플룩 이로구나.

오늘도 PORTAL 저 너머로!

9. 신인 선생

유창한 영어로 선생들이랑 학교 소개 좀 해.

제 영어는 입시 위주 영어라…

영어 선생! 왜 이제 왔어.

N… Nice to meet you. I'm English…

!

오늘 외국인 선생 오는 날이잖아.

아. 그렇죠.

하나, 둘, 셋! 안녕하십니까? 저는 봉두중학교에 데뷔한 신인 영어 선생 마이클이다!

억

아까부터 혼자 외롭게 앉아 있는데

항상 멋지고 발전된 모습 보여 줄게!

?

뭐지? 저 아이돌 스러운 멘트는?

끝엔 또 반말이야

우리말을 어떻게 배운 거지?

10. 한국 알아요

어이~ 마이클!

Essay 2.
따뜻한 말 한마디

말은 생각이 배어 나오는 것이고
생각은 그 사람이라는 얘기를 들었다.
나름 나이를 먹으며 겪어 보니
그나마 생각이 배어 나오면 다행일 텐데
대체로 말은 습관이더라.

툭 던지는 반말...
후렴구로 따라 나오는 쌍소리...
말꼬리를 노리는 비웃음...
그냥 흘러가는 소리라 생각하려 하지만
귀가 괴로우면 마음도 괴롭다.
아무 생각 없이 습관처럼 뱉어 내는 말들이
누군가의 마음에는 오래도록 남는다.

언젠가 아내가 즐겨 보던 드라마가 있었다.
제목이 '따뜻한 말 한마디'라던가?
제목만 듣고 훈훈한 가족 드라마를 떠올렸는데
막상 보니 일단 불륜부터 깔고 시작하는 드라마였다.

제목을 잘못 지은 것은 아니었다.
누구보다 따뜻한 말 한마디를 원하면서도
서로에게 그 반의 반마디도 주지 않는다.

따뜻한 말 한마디면 풀려 버렸을 소소한 냉기들이
단단한 빙벽으로 쌓여 사람 사이를 가로막는다.
따뜻한 말 한마디를 갈망하지만
결코 꺼내지 못하는 사람들의 이야기였다.

따뜻한 말 한마디는 힘이 세다.
상대방의 마음을 풀어 주는 힘도 세지만
그 말을 건네는 우리 자신의 마음부터 풀어 준다.
생각 없이 습관적으로 던지는 때조차도
따뜻한 말 한마디는 어김없이 작동한다.

전에는 '따뜻한' 말에 신경을 썼는데
요즘은 생각이 좀 달라졌다.
따뜻한 말도 중요하지만 '한마디'가 더 중요하달까?
따뜻한 말일수록 분량 조절이 필요하다.

아무리 좋은 뜻으로 꺼낸다 해도
말이란 쌓이면 쌓일수록 문제가 끼어들더라.
따뜻한 말도 누군가에겐 부담이 되더라.
때론 말을 아끼는 것이 따뜻한 맘이더라.

11. 정말 좋아지는 거죠?

울던 아이 겨우 달래서

드디어 잔다!

Z

아~. 정말 힘든 시기였지. 100일만 지나면 그런 거 없어지니까 너무 걱정 마.

살살 이불에 내려놓기만 하면

악! 또?!

양

조언 감사합니다, 허대리님!

수고!

아기 등에 센서가 달렸는지 정말 미치겠어요.

아. 그건 모로반사라는 건데, 어쩌고 저쩌고…

하지만 돌 지나면 무지막지하게 손과 입을 쓴다네. 차라리 우는 게 낫지!

스톱!

허대리님은 좋으시겠어요. 아기가 벌써 돌 지나서….

정과장님, 동과장님! 돌 지나면 정말 좋아지는 거죠? 그런 거죠?

그럼, 물론이지. 수고!

12. 입양했어

중고 36개월 할부로.

영업맨에겐 큰 울림이었어.

14. 다 이루셨네요

뭣들해?

팽부장님!

고마워 아빠. 내일 일찍 올게.

허허

부장님 얘기하고 있었어요. 옛날 육아 얘기.

허허

그래?

여보. 저녁 먹을 때까지는 들어올게요. 미안해요~.

여보 허허

자식들 결혼까지 시켰으니 이젠 다 이루셨네요.

홀가분하시죠?

허허

허 허 허

이제 자유롭게 여행도 다녀오실 수 있으시고

부럽습니다.

웃음 속에 깃든 저 한 방울의 눈물. 정말 기쁘신가 봐.

허허….

15. 건강검진

유통기한 도장 받는 기분인데?!

Essay 3.

축 늘어져야 해

아이를 키우는 것은 늘 조심스럽다.
내 품에서 작은 생명을 하나 책임진다는 것은 무거운 일이다.
나와 너를 닮은 작은 얼굴을 대하는 신기함도,
그 작은 손가락이 꼼지락대는 것을 보는 재미도 잠시다.
왜 울음을 그치지 않는 것인지,
왜 그렇게 자주 깨어나는 것인지,
왜 먹었던 것을 바로 올리는 것인지,
당황하고 또 당황하지만 이제 막 시작일 뿐이다.

처음부터 부모인 사람은 없다.
모두가 초보일 수밖에 없고
누구나 크고 작은 실수를 겪기 마련이다.
바로 실전에 투입된 훈련병처럼
처음 맞닥뜨린 것을 어떻게든 알아 갈 수밖에 없다.

우리 때는 두툼한 육아서적이 필수였고
요즘은 스마트폰으로 검색을 하겠지만
육아에서 가장 많이 의지하게 되는 건
나보다 앞서 이 모든 것을 견뎌낸 이들의 조언이다.
최신 정보보다는 검증된 지혜를 찾는 부모라면
할머니들의 도움을 제법 받았을 것이다.
비록 유통기한이 지난 정보를 얻을 위험도 있고

조언으로 시작해서 잔소리로 넘어가는 경우가 잦더라도
직간접으로 여러 아이들이 사람처럼 되어 가는 과정에 참여한
그 내공은 세월과 함께 쌓이면 쌓였지 쉬이 사라지지 않는다.

내 경우엔 '축 늘어질 때까지'를 배웠다.
아이를 안고 있다가 잔다 싶어 눕히려 하면
순한 아이들은 눈을 방긋 뜨고는 배시시 웃고
예민한 아이들은 바로 빼애액~ 울곤 한다.

그럼 언제 눕혀야 하나?
아이가 축 늘어질 때다.
아이가 물에 젖은 것처럼 무거워졌을 때다.
나는 여러 할머니들로부터 이 비법을 전수받았고
실전에서 그 효능에 감탄했기에
적어도 이것 하나만큼은 자신 있게 전하고 있다.

애기 때는 축 늘어지는 게 반갑지만
좀 큰 아이가 축 늘어지면 빨간불이 켜진다.
꼭 버스나 지하철 타고 멀리 갔다가 돌아올 때
내려야 할 때쯤이면 아이가 사정없이 무거워진다.
깨워도 정신을 못 차리는 아이를 안고서
가방도 챙겨야지 교통카드도 찍어야지...
하나를 해결하면 또 다른 무언가가 기다리고 있다.
그때는 힘들었지만 지나고 나니 그때가 그립다.

하나, 둘, 셋! 안녕하십니까!

17. K-POP

저는 K-POP 좋아서 한국 문화를 배우고 한국에도 왔습니다. 텍사스 밖은 처음이다!

꽃! 아가씨! 빨갛게!

레드벨벳!

빨간맛!

블랙핑크!

선생님! 그럼 K-POP 중에 무슨 노래를 가장 좋아하세요?

노래해! 노래해!

짝

짝

짝

힌트!

오~!

여자가 불러요.

여자 아이돌이다!

흐에 일~수~없이~ 수많은 밤을~ 내가슴 도려내는 아픔에 겨워~

……

동백아가씨(1964)

겨운이 너는 좋겠다. 학원 안 가도 되니까.

나는 이제부터 WALKING!

아~! 학원 가기 싫어! 어른들이 일하러 가는 기분이 이런 걸까?

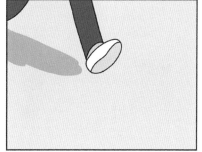

내일 봐.

태권도!

영어!

미술!

너희들은   WORKING.

정겨운씨!

찰칵

정겨운씨!

여기 한 번만 봐 주세요!

20. 다리가 몇 개?

오늘 엄마 아빠 왜 이래?

Essay 4.

달팽이

생명을 '체험'한다는 것은 난감한 구석이 있다.
아이들이 생명의 한살이를 직접 경험한다는 목적이겠지만
결국 부모들이 돌봐야 하는 낯선 생명체를 들여야 한다.
교육적으로 옳고 그름을 따지기 전에
부모들 입장에서는 당장 거둬야 할 입들이다.

장수풍뎅이는 젤리를 먹인다.
원래는 나무의 수액을 먹는다던가?
그걸 흉내 내어 가운데에 구멍을 파 놓은 나무토막을 넣어 두고
그 속에 젤리를 까서 넣어 주면 기세 좋게 먹어 치운다.

언제부터인가 젤리를 먹는 양이 줄기 시작하자
장수풍뎅이의 수명이 다한 것을 느낄 수 있었다.
기운 내라고 좀 더 비싼 젤리를 사다 주었지만
어디까지나 사람의 입장인 것 같았고
어느 날 장수풍뎅이는 더이상 움직이자않았다.
원래 수명이 1~3개월이라는 걸 알고는 있었지만
한 생명이 꺼져 가는 것을 보는 것은 쉽지 않은 일이다.

장수풍뎅이가 살던 사육 통에 달팽이가 이사 왔다.
달팽이는 배추나 상추 같은 것을 넣어 주면
거기에 달라붙어 움직이면서 갉아먹었다.

장수풍뎅이처럼 역동적인 움직임은 없었지만
사육 통 벽에 붙어서 느릿느릿 다니는 모습에 익숙해졌다.

집에서 밤새워 일을 하고 있었는데 '툭' 하는 소리가 들렸다.
사육 통 벽에 붙어 있던 달팽이가 떨어진 것이다.
수명이 다해서 힘이 빠진 것일까?
아니면 그냥 미끄러진 것일까?
등껍질 한쪽이 갈라져 있는 것이 눈에 띄었다.

달팽이와 함께 온 작은 책자에는
달팽이는 몸에 있는 수분을 지키는 것이 중요하다고 했다.
급하게 순간접착제와 돋보기를 꺼내 들었다.
언젠가 과학 잡지에서 의료용 순간접착제 얘기를 들었고
우리 또래들은 프라모델을 만들며 자란 세대여서
달팽이 살에는 닿지 않게 껍데기에 생긴 틈만 메워 보았다.

다행히 수술(?)이 잘 된 것인지 달팽이는 잘 지냈다.
더 추워지기 전에 달팽이를 근처 텃밭에 놓아 주었다.
야생을 누리게 해 주고 싶다는 마음도 있었고
생명이 꺼지는 모습을 보고 싶지 않은 마음도 있었지만
이것도 어디까지나 사람의 입장이었을 것이다.

21. 메소드 연기

그럼요. 가능하죠! 바로 가겠습니다!

액션!

자, 시작해 볼까?

섭외 들어왔어?

오랜만에 카메라 앞에서 연기하겠어!

크억

꺽

와.

헙!

좀비 엑스트라 대기 장소

오~. 프로의 느낌이!

앞서간다고 카메라가 찍어 주는 줄 알아?

카메라는 메소드 연기를 쫓지.

AD도 친분이 있나 봐

김래용 씨. 몸 푸는 건 여전하시네요!

사소한 연기도 최선을 다하는 게 제 신조니까요.

래용 씨. 뛰세요!

꽤액~!!

언제부터 좀비가 뛰기 시작한 거야?

22. 깨달은 좀비

언제부터 좀비가 뛰기 시작한 겁니까?

3시까지 휴식

팔만 뻗고 깡충 뛰기만 하면 됐으니…

뛴지 좀 됐는데요.

……

모션캡처 연기자분들 이쪽으로 오세요!

제가 그동안 연극에만 신경 썼더니 좀 뒤쳐졌네요.

하도 세상이 빨리 변해서 가만히 있으면 바보 되는 기분이에요.

좀비마저 뛰는 세상…

옛날에 강시 했을 때가 참 편했는데….

그렇죠?

애쓰지 않고 편안하게 살아가기

저기 각성한 좀비가 있네.

23. 혼수상태

이게 벌써 6년 전이네.

요즘은 힙합이쥐~!

야~ 그 사진 아직도 갖고 있냐?

어쨌거나 파토난 그룹 혼수상태를 위하여!

넌 왜 안 마셔?

뭐야. 아직도 락이야?

마시고 싶어도 이것 때문에. 참….

외제차

어이 친구, 그거 남들한테나 통하지….

24. 언제 깨어날까

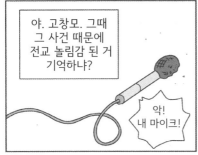

아, 여전히 우리는 혼수상태.

25. 비타 600

너무 무리하진 마라.

Essay 5.

영보드

나는 전두환 대통령 시절에 중고등학교를 다녔다.
그때는 사회도 그렇고 학교도 좀 빡세게 굴러가던 시절이었다.
공부를 엉덩이로 하던 시절이었다.
누가 더 오래 의자에 앉아 있는가가 중요했고
성적이 떨어지면 떨어진 등수만큼 엉덩이에 '빠따'를 맞곤 했다.
물론 지금 돌아보니 퍽퍽하게 살았구나 하는 거지
그때는 다들 그렇게 지내니까 불편하긴 했어도 그러려니 하는 거다.

고등학교 때를 돌아보면 '영보드'의 추억이 있다.
영보드 얘기를 하자면 먼저 '빌보드' 얘기를 해야겠다.
K-POP 가수들이 1등을 한다고 해서 화제가 된 그 빌보드 말이다.
빌보드는 미국 팝음악의 순위를 매기는 매체다.
음반 판매량과 라디오 방송 횟수 같은 것을 종합한다던가?

영보드는 영기가 만들어서 영보드다.
영기가 누구냐고? 영기는 고등학교 때 친구다.
팝음악에 푹 빠져 있었고 틈만 나면 전도를 하려 했다.
그룹 '퀸'의 광팬이었고 강렬한 메탈 음악도 즐겨 들었다.

영기는 매주 영보드 순위를 발표했다.
영보드의 특징은 '영기 맘대로'라는 데 있었다.
당시 유행이고 뭐고 소용이 없었다.

그냥 영기가 좋아하는 음악으로 순위가 채워져 있었다.
영보드의 1등 자리는 언제나 퀸이 차지한다.
노래가 바뀔 수는 있어도 퀸이 내려오는 일은 없었다.

아무튼 영기는 진지했다.
여러 색깔의 볼펜으로 꾸민 영보드를 들고
굳이 애들을 찾아다니며 금주의 영보드 순위를 발표했다.
공부하는 애들은 공부하는 애들대로 영보드가 귀찮았고
노는 애들도, 틈만 나면 자는 애들도 영보드는 귀찮았다.
선생님들 입장에서 영보드의 죄는 개성에 있지 않았다.
공부하는 애들을 방해해서 반 평균점수를 깎아먹으니 중죄인 것이다.

어쨌든 영기는 여전했다.
고등학교를 졸업하는 그날까지 꾸준히 영보드를 들고 다녔다.
모의고사 점수와 배치표를 놓고 고민하는 친구들에게
퀸의 음악세계를 전하지 못해 안타까워했다.
영기와 나는 그렇게 친한 친구는 아니었고
고등학교를 졸업한 뒤로는 연락이 끊겼지만
내 음악 취향의 많은 부분이 영보드에서 왔음을 털어놓는다.

자기가 좋아하는 것에 꽂혀서
자기 이름을 건 차트를 만든 건 나름 멋졌다.
난 지금도 어딘가에서 영보드가 계속되고 있기를 바란다.
퀸의 노래로 말하자면 Show must go on!

26. 간호사는 동료잖아

오징어면 자네 아냐?

27. 나 이제 어쩌지

나 말려드는 건가.

28. 현실

죄송하게 됐습니다. 내일부터는 안 나오셔도 되요.

봤지? 이게 현실이야!

아기가 돈을 집었네요! 확실히 부모 닮은 거죠?

와하하

뭔 일 있어요?

사장님이 새 기계를 구입 하셨어요.

이래서 나는 여기가 좋아. 사람 사는 것 같잖아.

하하하 짝짝짝짝

워메.

일당 벌이에 너무 환상 갖는 것 아녀? 걍 부페식당일 뿐인디.

설거지의 핵심은 튼실한 다리야! 무릎 통증 와도 끝까지 버텨!

엥병!

팔다리도 없는데 무슨 통증?!

29. 너의 능력을 원할 때

할머니. 부페식당 일 잘렸다면서?

내가 먼저 확 때려치우려고 했는데 한발 늦었지 뭐니.

할미가 인생팁 하나 알려 줄게.

쉽게 그만 두지 말고 일단 열라 버텨!

할머니 기운내시라고 고기 사 왔어.

아이구매. 웬 위로육을 다~! 빨리 굽자.

버티다 의사가 너의 능력을 간절히 원할 때…

동훈이랑 내가 벌고 있으니까 할머니는 좀 쉬어.

돈 버는 재미를 포기하라고? 별소릴!

광박이다. 의사놈아! 하면서 폼 나게 사표 던지고 나오는 거야!

아 동쾌해!

실은 나도 오늘 병원에서 열받는 일이 있었는데 진짜 그만두고 싶었어.

아~ 해.

아

퇴근~.

아까부터 뭐해?

역시 아빠를 제일 먼저 반기는 건 우리 토리뿐!

할짝 할짝

가계부 정리.

이번 달도 마이너스.

수우욱

카아~!!

끄르륵

탁

내일의 방전은!

꿀꺽 꿀꺽

내일 염려하라!

먹고사니즘

예전에는, 그러니까 내가 어렸을 때 봤던 어른들은
한번 들어간 회사에서 정년퇴직을 하는 경우가 많았다.
그때는 한 직장에 들어가면 그것이 평생의 직업이 되곤 했다.
나이가 들어갈수록 급여가 오르는 연공서열의 시대였다.
드라마틱한 승급은 없지만 '평생직장'의 안정감은 나쁘지 않았다.

연공서열은 사라지고 연봉의 시대가 되었다.
매년 저울에 올라 자신의 가치를 증명해야 한다.
연봉은 세상에 나를 드러내는 잣대가 되었다.
연봉을 올려 받기 위해 직장을 옮기기도 한다.
평생직장의 시대는 다시 오지 않을 것이다.
여러 직장을 옮겨 다니는 '평생직업'의 시대라고들 한다.

평생직업의 시대에서는 퇴직 통보가 잦은 일이 되었다.
구조조정이라는 칼바람으로 내몰릴 때도 있고
은밀히 이직을 준비하여 내가 먼저 선언할 때도 있다.
하지만 퇴직과 이직이 일상화되었다고
그 불안감마저 일상이 되지는 않는다.
쓸모를 의심받는 것은 늘 불안하고 불쾌한 법이다.

4차 산업혁명이라는 화려한 미래에는
'생애일자리'라는 새로운 부록이 따라붙고 있다.

그러니까 생애주기 내내 일을 하자는 얘기다.
아니 해야만 생존할 수 있는 시대가 되었다는 뜻이다.
젊어서 일하고 나이 들어 은퇴한다는 공식은 사라졌다.
평균 수명은 늘어났지만 그것을 뒷받침할 복지는 여유롭지 않다.
옛날 어르신들처럼 몇 푼의 용돈으로 지낼 수도 없다.
내가 써야 할 돈을 내가 벌어야만 사회적으로 생존할 수 있다.

요즘 자기계발서는 젊어 은퇴하는 것을 목표로 삼으라고 가르친다.
생애일자리의 쳇바퀴에서 일찌감치 벗어나라는 얘기다.
그게 말처럼 쉬울 거라면 돈을 받고 강의를 하지는 않을 것이다.
애초에 강사들 자신도 그렇게 은퇴하지는 못한 것 같고 말이다.

생애일자리 시대에서 우리는 무수한 취업과 퇴직을 오갈 것이다.
플랫폼 경제와 플랫폼 노동이라는 그럴듯한 용어 뒤에는
시간 단위로 고용을 갱신하며 살아가는 미래가 도사리고 있다.
일을 하는 사람들은 일을 하면서도 불안하다.
지금 하는 일을 언제까지 할 수 있을까?
일을 시작하지 못한 사람들은 더 불안하다.
언제부터 일을 할 수 있을까?

사람에게는 얼마만큼의 돈이 필요한가?
돈이야 많을수록 좋겠지.
질문을 바꿔 보자.
우리는 지금부터 얼마만큼의 돈을 벌 수 있을까?
아니, 언제까지 돈을 벌어야만 할까?

우리에게 뜨끈한 국물은 정서의 영역이기도 하다.

국물 하나 없는 식사를 한다면 문제가 있는 것이다.

차가운 국물을 먹고 있다면 잘 지내지 못하는 것이다.

뜨끈한 국물을 권하는 것은 외로움을 달래 주는 것이다.

함께 뜨끈한 국물을 먹고 있다면 가까운 사이다.

엄마의 밥상에선 뜨끈한 국물이 빠질 수 없다.

생일날 미역국을 꼭 먹어야 할 영양학적 필요는 사라졌지만

생일날 미역국을 건네주는 이가 없다면 왠지 쓸쓸한 삶이다.

힘들어지는 게 편의점이죠.

32. 빠릿빠릿

프로그램은 깔아드렸고요.

POS 기계는 본사에서 연락 올 때까지 좀 기다려 봐야 할 것 같아요.

모두 다 해서…

올~ ㅋ!

젊은 손님들이 주로 오죠?

네… 그렇죠.

저쪽 편의점에 세일 들어갔어! 저리로 가자!

!

레알?

그럼 알바를 좀 쓰시는 게 좋지 않겠어요? 일을 더 빠릿빠릿하게 할 텐데….

!

이런….

……

계산 취소가…

어떻게 되더라?

33. 멘토링

......

딸기가 초코 줄에 와 있잖아요.

!

이게 아니지!

이거지!

캐릭터 우유는 여기 편의점 한정인데 왜 안 보이게 해 놨어요. 보이게 해 놓으셔야죠.

?!

그리고 이건 이렇게. 요건 저렇게…!

겨운아. 캐릭터 우유 샀어? 가자!

뭐, 도와 줄까?

많이 파세요.

샥

뭐지? 저 매니저 삘은?

34. 매니저 효과

헐. 대박! 여기 한정판 캐릭터 우유 있다!

어디! 어디?

겨운이가 정리한 곳

개꿀 득템!

나도 살래.

정리를 하니 보기는 좋은데….

이거 다 살래요.

애들한테 알려 줘야지.

안녕하세요.

어서 와라~.

아…!

효과가 있구나!

35. 귀인

아빠. 오늘 별일 없었어?

뭐, 그럭저럭….

!

아빠. 오늘 내가 재미로 아빠 점을 좀 봤는데 귀인을 만날 운세래.

!

진열은 앞대가리만 짝 붙이는 것만으로도 효과가 있어요.

아침에 그 청년…!

척척

저 알바 처음 할 때 점장님이 귀가 닳도록 얘기하시더라고요.

아, 네….

척

그 점집 제대로 하는 데네.

왜? 뭔 일 있었어?

응. 뭐 그런 일이 있었어.

Essay 7.
편의점

엊그제 같은데 따져 보니 벌써 30년 전 이야기가 되었다.
미국으로 유학 갔던 누나가 방학을 맞아 집에 와서는
학교 부근에 있다는 신기한 가게에 대해서 이야기를 했다.
24시간 열어 놓는 가게인데 밝은 조명에 규격화된 진열대가 있고
음료수와 과자부터 양말에 선글라스까지 파는 데다가
매장에서 내린 원두커피에 따뜻한 도넛과 샌드위치까지 있다는데
아무리 설명을 들어도 잘 모를 이야기였다.
그때는 아직 구멍가게의 시대였으니까.

불과 몇 년 지나지 않아
누나가 미국에서 봤다는 신기한 가게가 우리 동네에도 나타났다.
신기한 가게의 정체는 편의점이었다.
편의점에서 알바를 구한다는 글이 붙어 있기에 물어보았다가
덜컥 편의점 야간 알바를 하게 되었다.
운이 좋아서 자리가 있었나 싶었지만
밤에도 손님이 많은 편의점인데다가
물건 들어오는 시간도 새벽 3시 언저리여서
알바들이 자주 그만두는 데에는 다 이유가 있었다.

때마침 큰 인기를 끌었던 '질투'라는 드라마에서
주인공들이 편의점에서 컵라면을 먹으며 데이트를 했다.
늦은 밤 편의점에서 먹는 컵라면에 낭만이 덧씌워졌다.

컵라면을 먹는 손님들이 늘어날수록 알바에겐 지옥이 열렸다.
연신 끓는 물을 채워 넣는 것부터가 일이었지만
컵라면 먹고 나면 치워야 할 것들이 잔뜩 쌓였다.
편의점은 이름 그대로 편리를 위한 가게이고
원칙적으로는 판매 시점 관리 같은 시스템이 주는 편리겠지만
세상 많은 일이 그런 것처럼 누군가가 편하려면
누군가는 수고롭게 몸을 움직여야 한다.
이 경우엔 그 수고로운 누군가가 나였다는 게 문제였고.

일본에 가 보니 편의점 내부에서 뭘 먹는 문화가 거의 없었다.
편의점에서 먹더라도 매장을 나와서 앞에 서서 먹거나 하더라.
우리 한국 사람들은 뭘 먹더라도 일단 엉덩이를 붙여야 한다.
편의점 앞 파라솔에서 안주를 한 상 차리고
가족끼리 또는 동네 친구를 불러 맥주를 마시는 풍경은
우리에겐 당연하지만 외국인들에게는 낯설거나 신기할 것이다.

편의점 앞 술상을 보면서 묘한 기시감을 느낀다.
어려서 구멍가게 앞 평상에서 동네 어른들이
주거니 받거니 하면서 한잔 하던 모습 말이다.
비록 구멍가게는 편의점에 밀려 시대에서 사라졌지만
구멍가게 평상의 한 잔이 편의점 파라솔에 남아 있다.
오래전 편의점 알바 출신으로서는 옛 추억보다
저 술상을 치울 알바 걱정이 앞서지만 말이다.

36. 계획

동훈이 너는 아직 계획이 없겠지만 나는 있다.

그리고…

록키산맥을 넘는 거지!

일단 도배 자격증을 딸 거야.

사장님.

응?

도배를 해서 돈을 벌면 그걸로 용접 자격증을 따는 거지.

치킨집 하셨을 때도 계획은 있으셨잖아요.

용접으로 돈을 모아서 중장비 대형 면허를 따고 또 돈이 모이면 트럭을 사서 트럭커가 되는 거다!

밥 묵자.

할머니~! 저 왔어요.

어, 숙아. 들어와. 들어와.

일이 잘 안 풀리면 청소가 제격이지.

제가 할게요.

!

웬일이야?

네년이 도망칠까 봐 친히 모시러 왔다.

안녕하세요. 예전에 럭럭치킨에서 뵀었던 이동훈인데요.

청소의 달인

일자리 좀 알아봐 달라고 전화했지. 응. 응. 언제 한번 보자고.

꾸벅

어이. 동훈! 요즘 후리하다며?

어. 동훈! 일 한 번 해 보려고?

그래. 그럼 내일 2시쯤 사무실로 와.

제가 다른 병원 일자리 있는지 알아볼게요.

아이고. 고마워.

귀하의 구직 신청 결과는 0 입니다.

전망 좋은 데서 일할 때도 있어.

뭐… 아무 생각 안 나게 해 주는 게 청소지.

괜찮은 걸까?

관중 의식

척!

일 마치고 마시는

찜질방 맥주는

너저분하지 않게 살아가는 마음. 그 마음을 아름답게 여기는 거야.

인생의 로얄젤리지.

주섬 주섬

우리 직업에는 또 다른 아름다움의 정수가 있어.

보기와는 다르게 깔끔 떨지?

띠잉

띠잉

띠잉

청소인의 기본은 청결. 깔끔을 아름다움으로 여기는 거지.

입금이 완료되었습니다.

진짜 아름답지?

그날 바로 깔끔하게 입금된다는 거~!

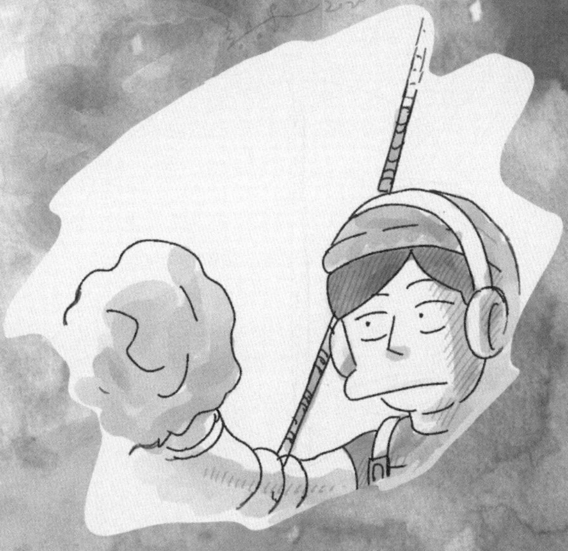

Essay 8.
뜨끈한 국밥

.

최근 인터넷에서는 '국밥'이 하나의 단위가 되었다.
무얼 먹으려 하면 뜨끈한 국밥 몇 그릇으로 환산하더라.
국밥의 가성비를 칭찬하는 것처럼도 보이지만
국밥에 대해 부정적인 이미지를 퍼트리는가 싶어
국밥을 사랑하고 즐겨 먹는 나로서는 불만족스럽다.

국밥은 비빔밥과 함께 너무나 한국적인 음식이다.
일단 한국인처럼 뜨끈한 국물을 사랑하는 민족이 없다.
중국이나 일본에서도 국물을 내오기는 하지만
우리처럼 펄펄 끓는 국물을 커다란 그릇에 담아내지는 않으며
무엇보다 그 국물에 밥을 말아 먹지는 않는다.
아예 숟가락이 다르다.
중국과 일본의 숟가락은 그저 국물을 떠먹기 위한 것이지만
우리 숟가락은 밥도 퍼서 먹고 밥을 국에 말 수도 있고
그렇게 국에 말은 밥을 떠서 먹을 수도 있다.
('국물도 없다'를 지극히 부정적인 의미로 쓰는 것도
우리 한국 사람들만 이해할 수 있지 않을까?)

우리에게 뜨끈한 국물은 정서의 영역이기도 하다.
국물 하나 없는 식사를 한다면 문제가 있는 것이다.
차가운 국물을 먹고 있다면 잘 지내지 못하는 것이다.
뜨끈한 국물을 권하는 것은 외로움을 달래 주는 것이다.

함께 뜨끈한 국물을 먹고 있다면 가까운 사이다.
엄마의 밥상에선 뜨끈한 국물이 빠질 수 없다.
생일날 미역국을 꼭 먹어야 할 영양학적 필요는 사라졌지만
생일날 미역국을 건네주는 이가 없다면 왠지 쓸쓸한 삶이다.

국밥은 빠르다.
기다리는 시간도 아까운 한국인에겐 딱이다.
하지만 국밥 앞에선 누구나 한 박자 쉬기 마련이다.
뜨거운 국물을 식히면서 잠시 멈춰 가다가
점점 속도를 내면서 한국인의 일상으로 돌아온다.

뜨끈한 국물을 좋아하는 나지만
아예 돌솥 그릇에 끓고 있는 국밥을 내오는 것엔 손들었다.
일본의 음식 문화를 디테일이라고 한다면
우리 한국의 음식 문화는 익스트림일까?
뜨겁다 못해 펄펄 끓는 상태로 나오는 국밥을 보자면
다음 단계는 무엇일까 궁금해진다.

41. 동병상련

내 첫 직장은 광고기획사였어.

신입! 여기 커피 둘.

이후 나는 온갖 커피를 타고 마셔야 했지.

제가 회사에 커피 타러 온 줄 아십니까? 저는 크리에이터…

오~ 커피 맛 죽이는데?

때가 됐군.

그런데 그것이 실제로 일어났어.

바로 그 시점에 나는 회사를 때려치우고 나왔어!

돈 고~!!

얼라 멋져! 걸 크러쉬!

우리 회사가 커피 프랜차이즈에 진출하면서 내가 전담 직원이 된 거야.

……

하지만 그땐 몰랐지…

월급의 달콤함을!

44. 쓰고 달고

45. 약 드시죠

Essay 9.

월급 중독

돈을 벌기 시작하면 느끼는 감정들이 있다.
시간당 얼마 식으로 자신의 노동을 환산하고 나면
생각보다 돈 벌기가 쉽지 않다는 것을 깨닫게 된다.
한 달에 백만 원 버는 것도 결코 간단하지 않다.
그동안 부모님께서 내 주시던 등록금의 무게가 새삼 느껴진다.
당연하게 여기며 받아 왔던 자잘한 용돈들도
결코 당연한 것이 아니었다는 것을 알게 된다.

일을 할수록 돈의 무게를 새삼 느끼게 된다.
남의 돈이 내 주머니로 들어오는 과정은
고되기도 하지만 속된 말로 그지 같은 경우가 많다.
말도 안 되는 일까지 말이 되게 해야 한다.
화를 내야 마땅할 상황에서도 자본주의 미소를 지어야 한다.
일을 한다고 해서 당연히 돈이 들어오는 것은 아니다.
내 주머니까지 돈이 들어와야만 비로소 안심이다.

돈벌이를 하는 것은 돈의 무게를 실감하는 절반에 지나지 않는다.
생활비를 지출하기 시작할 때야 비로소 돈에 대한 감각이 완성된다.
방세를 내고 공과금을 내고 나면 얼마가 남더라?
수고한 나를 위해 닭 한 마리를 튀겨 볼까 하다가도
잔액을 생각하며 멈칫하게 되는 것이다.
돈벌이를 할 때는 돈이 무겁게 느껴지지만

정작 내 주머니에 들어와서는 한없이 가볍게 느껴진다.

월급에 중독되는 것은 어쩔 수 없다.
월급날까지 며칠이 남았는지를 세며 시간을 보낸다.
월급이 들어오면 아주 잠깐 행복했다가
다시 다음 월급날을 기다린다.
월급날과 월급날 사이를 오가는 인생이다.
월급 중독에 신용카드 한도가 더해지면
중독의 롤러코스터는 더 급격한 경사를 오가기 마련이다.

월급 중독에서 벗어나는 간단한 방법은
무지하게 많은 돈을 한 번에 버는 것이지만
그것은 전설의 동물처럼 실제로 본 적은 없는 일이다.
월급을 지금보다 두 배나 세 배쯤 받으면 되지 않을까 싶지만
갑자기 많이 받게 된 주변 사람들을 관찰한 결과
많이 받으면 그만큼 많이 쓰게 되고 스케일이 달라질 뿐이지
월급 중독 자체에서 벗어나지는 못하는 것 같다.

월급 중독에서 강제로 벗어나는 우울한 방법은
더이상 월급을 받지 못하는 상황으로 내던져지는 것이다.
극단적인 금단 현상에 시달리면서
월급 중독의 부작용은 깨끗이 잊어버리고
월급이 왜 좋았는가만 새삼 떠올리다가
결국엔 더 적게 주는 곳에라도 가서
다시 중독자의 삶을 시작한다.

46. 밥 퍼 가요

얘들아~.
밥 먹자~.

다음달에
뵙겠습니다.

대출금

은행

잠시만요.

순서는
지키셔야죠.

공과금

나는 덩치가
크니까

두 공기.

카드값

엄마는 괜찮아.
어서 먹어.

교육비

여보. 여기 밥풀 두 개 남았어!

47. 단순하게 살고 싶다

하아~. 단순하게 살고 싶다.

안녕하세요. 부업 좀 배우러 왔습니다.

어서 들어오시구랴.

부 업 박 람 회
인형 눈

인형 눈깔 붙이는 건 집중이 핵심이지. 100개가 기본인데 3봉지는 해야…

3봉지면 300개!

부 업 박 람 회
양말 포장

단순하지? 하루 500개는 해야 벌이가 돼.

500!

부 업 박 람 회
종이 가방

이건 하루 600개 이상은 할 수 있어야지.

600!

부 업 박 람 회
볼펜

볼펜은 기본이 1000개야.

1000!

마늘 까기도 있고

입체카드 붙이기도 있어.

단순하게 사는 건 좋은데…

단가가 저렴한 게 문제야.

내가 지금까지 한 부업만 해도 백여 가지는 될 거야.

아, 네!

그래도 심씨네는 영감이라도 있으니까 연금이라도 받지.

큰돈은 못 벌어도 용돈은 챙겼으니 다행이지.

난 그런 것도 없어!

악착같이 벌어서 자식들한테 올인 했는데

알았어~! 얼른 내 일 끝내고 도와줄게.

앗싸!

자식놈들이 연락도 안 하고… 올인 그런 거 다 소용없어!

난 영감 없으니까 세상 속 편하고 좋더만.

굉장해…!

뼈 있는 대화 속에 손은 완전 따로 놀아!

49. 500X20=?

택도 없네. 500개 더!

50. E.T.

와. 빨리 끝내셨네요.

누워서 떡 먹기.

우린 프로니까.

처음이라 좀 적지만 익숙해지면 우리보다 더 잘 벌 거야! 손기술이 예사 느낌이 아니야.

10000

여기 한 달치.

와…! 대학 때 처음 알바하고 이게 얼마만에 벌어 보는 돈이냐.

오늘은 다미랑 동훈이랑 고기 파티다~!

생활미 씨는 일주일치죠?

10000

E.T.

돈벌이 콘택트. 다시 시작인 건가.

Essay 10.

칠판 공장

대학 시절 겨울 방학 때 칠판 공장에서 일한 적이 있다.
경기도에 있는 대학교를 다녔는데 학교 부근에 칠판 공장이 있었다.
전화를 하니 바로 나오라고 해서 아무 생각 없이 시작했다.
놀면 뭐하나 싶은 생각도 있었고
두 달 정도 다니면 뭉칫돈이 생길 거라는 기대도 있었다.
칠판이라고 하니까 왠지 아기자기한 느낌도 들고 말이다.

여기저기 좀 알아봤어야 했다.
다른 곳은 8시간 노동이 기본이고 나머지가 잔업인데
여기는 기본이 10시간에다 의무적으로 2시간 잔업이 필수였다.
점심시간은 1시간도 아니고 40분이었다.
여기에 이상한 규칙이 하나 붙었는데
첫 번째 일주일을 다 채우지 못하고 그만두면
그 주에 일한 돈은 한 푼도 받지 못한다는 것이었다.
말로야 제대로 일할 사람을 뽑기 위해서라는 핑계가 붙었지만
그때나 지금이나 말도 안 되는 얘기였다.
설마 내가 일주일 안에 그만두겠나 싶었고
두 달만 하면 되는 알바다 싶어 별생각 없이 시작했다.

알고 보니 교실에 다는 커다란 칠판을 만드는 공장이었다.
나무를 나르다 보면 나무의 무게만큼 시간이 더디게 흘렀다.
칠판에 뿌리는 페인트에는 돌가루가 섞여 있다고 했다.

밀폐된 곳에서 페인트를 뿌리고 나오니까 초록색 코가 나왔다.
그래도 그때는 젊었으니까 어떻게든 적응이 되었다.
하루 12시간 넘게 일을 하면 자는 것밖에는 남지 않았지만
어떻게든 한 달을 채우니 조금은 익숙해졌다.

어느 날 새로운 알바가 들어왔다.
나이가 제법 있는 아저씨였는데 회사가 망해서 쉬고 있다가
늦둥이 딸이 태어나 급하게 일을 나왔다는 것이다.
아저씨는 공장 일을 전혀 해 보지 않은데다가
나이가 있어서인지 합판 하나를 들고도 휘청거렸다.

둘째 날 점심도 되기 전에 얼굴이 파랗게 질린 아저씨에게
이틀치 일당이 아까우니 사흘만 더 채우자고 말씀드렸지만
어디 다치는 것보다 빨리 그만두시는 게 낫지 않을까도 싶었다.
다음 날 아저씨는 파스를 잔뜩 붙이고 나타나 하루를 잘 견뎠지만
결국 네 번째 날 점심시간에 사라져서 다시 돌아오지 않았다.
생각해 보니 지금 내 나이가 그때 그 아저씨 나이쯤 된 것 같다.

솔직히 말한다면 그때는 두 달만 하면 끝이라고 생각했으니
마스크나 환풍기 없이 접착제와 돌가루를 뿌리는 공장 환경이나
일주일을 채워야 돈을 준다는 이상한 규칙도 그러려니 한 것 같다.
잠시 알바를 한다고 생각했으니 고된 것조차 추억이 되었겠지만
그 조건으로 돈을 벌어 살았다면 지금처럼 추억하지는 못할 것이다.

51. 아빠가 부끄럽지?

영화 '28일 후'의 좀비는 이렇게 뛰는구먼.

우리 아빠, 영화에 나와. 유명한 배우거든.

처음엔 아빠의 직업을 좋아했지.

?

네네. 준규랑 아빠한테 물어보고 바로 연락 드릴게요.

주인공

아빠

하지만 엑스트라만 하는 아빠의 모습에 실망하는 기색이 역력했어.

……

준규야. 네 담임 선생님인데 학부모 일일 교사 수업에 오셔야 할 학부모님이 펑크를 냈대.

괜찮아. 준규야. 아빠를 반 친구들에게 보여 주기 싫은 마음. 충분히 이해해.

……

응

대신 아빠한테 연기 특별 수업을 부탁하고 싶으시다는데 괜찮겠니?

오오!

괜찮아. 학교 오라고 해.

그래? 그럼 아빠한테 말씀드릴게.

주… 준규야!

52. 메소드 연기

배역마다 연기의 감정선을 다르게 표현해야 해요.

오~!

이건 6.25 전쟁. 국군 시체 역할인데 눈을 뜬 채 거꾸로 쓰러져 무려 15분 넘게 저러고 있었습니다.

그동안 내가 해 왔던 연기 영상을 보면서 설명할까요?

와아.

이건 교통사고. 많이 굴러야 하는 장면 때문에 강한 체력과 운동신경이 필요합니다.

임진왜란 때 겁먹은 채 화살에 맞은 왜군 역할인데, 죽음을 두려워하는 모습이 잔뜩 들어갔죠?

이건 자살 씬인데 발만 나오지만 디테일한 발끝 메소드 연기가 중요하죠.

이건 반대로 전쟁에 임하는 조선 백성의 모습인데, 화살 3개를 맞고도 살기 어린 투지가 느껴지나요?

다음은 익사 장면.

……

093

정상적으로 살아서 하는 연기는 없나요?

53. 질문

질문 있나요?

왜 연기자가 되려고 하셨어요?

좋은 질문!

대학로에서 우연히 마임을 보게 되었는데

아무런 장비 없이 순전히 몸짓과 표정만으로

손끝까지 연기력이 보여!

심도 깊은 표현을 할 수 있다는 것에 완전히 매료되었죠.

나도 반드시 연기자가 되겠어!

그날 이후 연기자가 되기 위해 뭐든지 했어요. 날 불러 주는 곳이라면 어디든 갔죠.

다음 질문.

그래. 거기.

한 달에 얼마 벌어요?

윽!

와~ 손끝 연기력!

와! 쩐다. 메소드 연기!

사회생활도 하나의 연기로 볼 수 있죠.

자, 일단 크게 심호흡을 하고 천천히 팔을 들어올리죠.

평소에 연기 연습을 해 보면 여러분들의 삶이 바뀐다는 걸 느낄 수 있을 겁니다.

수업을 잘 하고 계신가…? 말썽 피우는 놈들 있으면 안 되는데.

내가 최근에 굉장한 연기를 해 본 적이 있는데

오.

그 연기를 지금 여러분과 함께 실습해 볼까요?

헐.

대박.

좀더 관절을 꺾어!!

……

으어

끄으으깩

55. 아들 바뻐?

좀비 실습하는데 좀 어색해하더라고.

깟똑!
깟똑!
깟똑!

좀비로 위장한 헌터라는 설정이었어.

!

깟똑!
깟똑!

아들 바뻐?

쫌.

까똑 많이 오는데 자꾸 물어봐서 미안. 걍 까똑 봐.

오늘 아빠 때문에 좀 힘들진 않았어?

뭐. 그럭저럭.

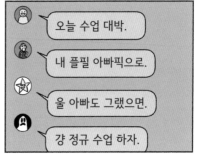

오늘 수업 대박.

내 플필 아빠픽으로.

울 아빠도 그랬으면.

걍 정규 수업 하자.

아냐. 괜찮아. 이미 다 봤어.

Essay 11.

인생 연기

연기를 잘한다는 것은 어떤 것일까?
어느 배우에게서 직접 들은 얘기다.
그분 말씀으로 배우의 중요한 능력 중 하나는
연습부터 촬영까지 수없이 되풀이되는 장면에서
모든 순간을 매번 처음 경험하는 것이라고 했다.

배우는 대본을 외우는 것으로 시작하는 직업이다.
대본을 본 배우들은 앞으로 다가올 일을 다 알고 있다.
하지만 바로 뒤에 다가올, 대본으로 미리 알고 있던 상황을
마치 처음 경험하는 것처럼 대해야 한다.
그래야 그 장면을 제대로 연기할 수 있고
보는 이들에게 생생하게 감정을 전할 수 있다는 것이다.
배우가 진짜로 그 상황을 경험해야지
가짜로 척만 하면 관객이나 시청자들이 바로 안다고 했다.

인생을 좀 살았다 싶으면 다들 느끼는 것이 있다.
우리네 삶은 비슷한 것들이 반복된다.
재방송 드라마를 계속 트는 방송 채널처럼 말이다.
늘 좋아야 마땅한 것들도 조금은 지치게 된다.
생일 선물을 매년 고르는 일이나
그 선물을 꺼내면서 기뻐하는 일처럼 말이다.

마음이 식은 것은 아니다.

우리가 변한 것도 아닐 것이다.

다만 좀 익숙해진 것이다.

익숙한 것은 편하지만 그만큼 심심하다.

늘 새로운 긴장을 찾는 방법도 있지만

심심하지 않기로(?), 그렇게 넘어가는 방법도 있다.

때론 즉흥 연기를 해야 할 때도 있다.

회식 자리에서 잔뜩 배를 채우고 들어왔는데

아이가 체험학습에서 만든 빵을 주겠다고 기다리고 있다.

내가 만든 음식을 가족과 나누는

아이 인생에서 중요한 경험을 할 시간이다.

시간을 따라 기억의 우선순위에서 밀려나겠지만

지금 이 순간은 다시 오지 않는다.

일생일대의 생방송에 갑자기 캐스팅되었다.

아빠 하루 종일 정말 배고팠는데!

엄마 마침 너무너무 빵 생각이 났었는데!

실제 맛은 중요하지 않다.

배에 어느 정도 여유가 있는지도 중요하지 않다.

정말 배고픈 사람이 너무나 먹고픈 빵을 먹는 순간이다.

가짜로 척만 하면 관객들이 바로 안다던가?

오늘 관객 반응? 나쁘지 않다!

56. 빨리 빨리

오, 마이클. 역시 빠르구나!

57. 박스에서 혼자

Oh! I'm sorry Mom. 내가 너무 빨리빨리였나?

disappointed 할 뻔했어.

교내에서 이런 대회도 열렸죠. Surprising!

교내 아이돌 선발 대회

한국 사람들은 또 흥이 많아요. Very excited!

Oh, really?

설명 설명

다행이야. 흥이 많은 나라에서 마이클은 외롭지 않겠구나.

학교에서도 쉬는 시간이면 학생들은 춤을 춰요.

간혹 저도 박스 안에서 혼자 노래를 부르기도 해요.

What?!

선생님들도 회식 후엔 무조건 춤과 노래!

오, 마이클! 군중 속의 고독이니? 왜 박스를 뒤집어 쓰고 혼자 노래해? What's the problem?

하하. Mommy. 혼코노 말이에요.

혼자 코인 노래방!

58. Ball friend

마이클. 한국에서 친구는 좀 사귀었니?

Of course!

내 가슴 도려내는~ 아픔에 겨워~

새 친구랑은 만날 때마다 하이파이브로 인사해요.

What's up?

헐. 대박. 교장 선생님이랑 마이클이야.

그 친구와 종종 혼코노도 같이 가요.

Wow! Awsome!

너무 맞먹는데? 마이클한테 얘길 해야 하나….

what's up bro~

헤일 수 없이~ 수많은 밤~을~

우린 거의 불알친구예요!

무슨 뜻이니?

불알의 뜻은….

59. 훅 들어와요

그리고 한국 사람들은 프라이버시의 경계가 우리보다 많이 없어요.

갑자기 훅 들어올 때가 있거든요.

당황스러웠겠다.

마이클 여자친구 있어?

없지만 괜찮아요.

저런 훈남이 왜 없어? 내가 소개시켜 줄게!

콜록. 콜록.

그렇게 얇게 입으니까 감기 들지….

다 그렇지 뭐!

!

툭

그런데 때로는

그렇게 훅 들어오는 게

맛있어. 먹어 봐!

김치찌개

비빔밥

뻥

쌍화탕

종합감기약

무릎 담요

마이클 덮어

생강차

나쁘지 않을 때가 있어요.

그리고 또 한국 사람들은 먹는 것을 참 좋아해요.

자신들도 가난한데, 고아를 마을에서 거둬 나눠 먹이는 모습을 보고 감탄했대요.

대화 중에도 일과 먹는 것이 섞여 있고

… 밥값은 해야지

… 먹고 살자고 하는 일인데.

그런데 그 모습이

아… 배고파. 엇. 맛있는 냄새!

꼬르륵~

음식 방송도 많고 음식 배달 오토바이는 한국의 상징이 되어 있어요.

어. 마이클! 배고프지? 이리 와서 같이 먹어요.

조선시대, 바다를 건너와 조선에 도착한 프랑스 신부들은

저는 도시락 주문을 안 했….

밥숟갈 하나 더 올리면 되는데 뭘. 이리 와요.

아직도 그대로 남아 있어요.

Essay 12.

숟가락 하나 더

나를 아는 사람들은 나를 가리켜
'까칠하다'고 표현하는 경우가 많다.
내가 보기에도 그래 보인다.
나는 한국 사람들이 '정'이라고 표현하는 것들에
쉽게 어울리지 못하고 어색한 표정이 되곤 한다.

물론 내 입장을 말하라면 할 말은 있다.
나는 까칠한 것이 아니라 수줍은 것이다.
여전히 나는 유치원 첫날의 불안한 아이다.
나이를 먹으면 좀 나아질까 기대를 했었는데
지금까지 살아 보니 아직까지는 효과가 없었다.

한국인의 정을 부담스러워하는 나지만
유난히 좋아하는 것이 있다.
'숟가락 하나 더 놓으면 되는데요...'를 들을 때면
뜨끈한 국밥 그릇을 두 손으로 감싼 것 같은
그런 훈훈함이 온몸으로 퍼져 나간다.

먹고 살자고 하는 일이다.
배를 든든하게 채워야 뭐라도 할 수 있다.
하다못해 귀신도 먹고 죽어야 때깔이 좋은 나라다.
이런 나라에서 흔쾌히 밥을 나눈다.

아니 밥 굶는 이를 그냥 넘기지 못한다.

모르는 사람도 그냥 보내질 않는다.
와서 좀 드세요.
순가락 하나 더 놓으면 되는데요...
거기 조금만 좁혀 봐.
자리도 금방 만들 수 있다.
조금씩 덜다 보면 손님 그릇이 가장 가득 찬다.
십시일반? 오병이어?
아무튼 시작은 숟가락 하나 더 놓는 것이다.

밥그릇을 나누는 것은 과거의 기억이 되었고
내 밥그릇을 지키는 능력이 더 중요한 시대가 되었다.
요즘은 그 밥그릇들마저 부쩍 메말라 가고 있다.
멀쩡하던 밥그릇이 하루아침에 사라져 버린다.

그래도 아주 가끔은 자리를 좁혀 새로운 자리를 만들어 보자.
숟가락 하나를 더 놓아 보자.
오랜만에 민족 전래의 주문을 외워 보자.
숟가락 하나 더 놓으면 되는데요, 뭐...

할머니들이 손자, 손녀들에게 밥을 많이 퍼 주는 것도
비슷한 맥락이 아닐까 싶다.
요즘은 영양이 넘쳐서 문제인 시대인데도
손자나 손녀들이 오면 밥상을 가득 채워 주신다.
밥상 뒤에는 간식이 기다리고 있고...
아무래도 내 새끼의 새끼다 보니
더 작고 약하게 보이는 것이 아닐까?

일하는 곳에 외국인들이 여럿 있어 얘기를 들어 보니
손주들 배불리 먹이는 것에 의미를 두는 할머니들이
세계 곳곳에서 활동하고 계신다는 것을 알게 되었다.
언제 방문하겠다고 전화를 드리면
대뜸 "뭐 먹고 싶니?"를 물어보신다고 하는데
그 물음이 우리 할머니 목소리로 바로 들리지 않는가?

3

어서 와. 오늘은 높은 데 안 가니까 걱정 말아라.

정말요?

불가능한 물건들이 하수구에 들어와 있을 수 있다는 거.

자전거가 여기 어떻게?

대신 코가 좀 고생할 거야. 단단히 착용해.

!

흡연인들은 하수구 입구에 꽁초탑을 세울 수 있다는 거.

비만 오면 역류해서 민원이 들어왔어요.

끊임없이 욕망의 찌꺼기들을 만들어 내는 능력!

하수구에 들어오면 인간의 초능력을 발견할 수 있지.

마지막으로…

수고하셨… 읍!

가만히 있어도 사람들의 접근을 막아 내는 능력!

!

이거…
가 잡수슈.

어. 이걸 왜
저희한테…

국밥

한 달간 징하게 오더니
이제야 좀 맑아지네.

잘 먹었습니다.

금년에도 물난리가
났는데 하수구 청소
덕에 잘 지나갔구먼.

아무나 못 하는 일
해 주니 고맙네.

어, 저기…

우리가
예전에 청소한
곳이네.

와. 이렇게
큰 수박을!

과일 도소매

큰 박수 보내는 거라 생각해.

왜 너희 맘대로 정하냐!

누군 벌써 결혼까지 하는데 왜 내 사전엔 여친이라는 단어조차 없는 것인가.

회사의 동의어가 여친 아니었나?

가진 자의 염장이냐?

여친 있어도 힘들어. 비용 장난 아냐. 내가 왜 뼈빠지게 일하는데.

동훈. 새 알바 시작했다면서? 할 만해?

응. 얼마 전에 도심 하수구 청소했어.

우식. 역시 니가 갑이다.

벌떡^^

네네. 바로 가겠습니다!

장인어른이 급하게 도와 달라시네. 먼저 갈게.

아니다. 취소. 니가 갑이다.

계산 하고가라

족쇄 없는 자유가 최고지.

65. 명언

도심 하수구 청소라니. 나는 절대 못 할 것 같다.

교묘하게 속이는 것보다 서툴더라도 성실한 게 낫지.
- 한비자 -

청소 일 하더니 깔끔이 몸에 밴 거냐?

차 태워 준다면서 나 일 시킨 거 너 아니었냐?

......

택배 일은?

뭐, 취미 삼아 하는 거지….

시끄럽고. 눈 감아.

?

근면한 자에겐 모든 일이 쉽고, 나태한 자에겐 모든 일이 어렵지.
- 프랭클린 -

니 얘기야?

알아서 해석.

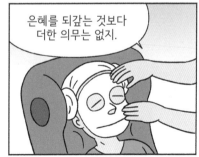

은혜를 되갚는 것보다 더한 의무는 없지.

- 키케로 -

Essay 13.

배달의 추억

다니던 직장이 통째로 사라졌던 적이 있었다.
고용보험을 적용받는 대상이 아니었기에
확 줄어든 소득에 쉽지 않은 시간을 보내야 했다.
급한 대로 이런저런 일을 받아서 집에서 하고 있었는데
추가로 할 만한 일을 찾다가 걸어서 하는 배달을 알게 되었다.

배달기사용 앱을 설치하고 몇 가지 정보를 입력했는데
생각보다 빨리 콜이 잡혀서 처음으로 배달에 입문하게 되었다.
동네 빵집에서 물건을 받아 30분 거리에 있는 아파트로 걸어가서는
주문 요청 사항에 있는 대로 조용히 문을 두드리고 빵을 건넸다.
초짜처럼 보이지 않으려 노력했는데 잘 통했는지는 모르겠지만.

동네에서 할 수 있고 겸사겸사 운동도 되어 나쁘지 않았다.
문제는 배달 하나를 할 때마다 2천 원을 받았는데
물건 받아서 걸어갔다가 오는 시간을 따지면 1시간은 걸렸다.
시간 들이는 것에 비해 단가가 나오질 않아서
친구가 하고 있던 심야에 택배를 받아 오는 일에 따라나섰다.

자가용을 가지고 물류 창고에 가서 택배를 받아 와서는
문 앞에 택배를 놓고 사진을 찍어 전송하면 한 건이 완료된다.
수수료는 매일 시세(?)가 달라진다고 하는데
그때는 새벽 배송이면 택배 하나당 1천 원 안팎이었다.

멀리서 볼 때는 나쁘지 않아 보였다.
플랫폼 경제 시대에 태어난 새로운 형태의 일자리!
원하는 시간에 원하는 만큼만 일해서 추가 소득을 얻으세요!
하루 100개씩 치면 매일 10만 원, 본업보다 낫겠는데?

가까이서 보니 물건을 받기 위해 기다리는 시간이 제법 되었다.
내 인건비는 뺀다고 쳐도 기름값은? 자동차 감가상각은?
딱지를 떼거나 사고라도 날 경우엔 온전히 개인의 책임이었다.
그래서 안 하시겠다고요?
당장 이렇게 빨리 시작해서 바로 받는 일도 흔치 않았다.

해 본 사람은 알겠지만 오라는 시간보다 좀 일찍 가도
택배회사 물류 창고 부근에 자동차들이 줄을 서서 기다린다.
태권도 도장 이름이 큼지막하게 적힌 승합차도 보이고
부부가 함께 와서 팀플레이를 하는 분들도 있었고
비싸 보이는 외제차를 몰고 나타난 젊은 친구도 있었다.

하겠다는 사람이 많으면 단가가 내려가고
단가가 박해져 사람이 줄어들면 미끼로 단가를 올렸다가
다시 사람들이 모이면 단가가 내려가는 시스템이었다.
다들 나름의 사연이 있고 의지가 있어 이 줄에 서 있지만
그 사연과 의지가 모일수록 단가가 떨어지는 문제가 있었다.

66. 결혼해 봤어

67. 꿈은 이루어진다

형. 이 가게 월세예요?

아니, 샀어.

오토바이를 타고 유럽컵 레이싱 게임에서 나온 도로를 실제로 달리는 거야.

!

와. 부럽!

아버지가 보증 서고, 30년 대출 받아 산 거야. 부러울 필요는 없어.

아퀼리아 330을 타고 알프스 도로를 달리는 거지.

꿈이 너무 비현실적인 거 아니에요?

이자 세겠다.

뭐, 게임도 만렙 갖추고 시작하는 성격이라….

이 가게 빚 다 갚고 너한테 넘겨준 후에 유럽 갈 수도 있어.

진짜 소원은 따로 있어.

뭔데요?

형…

꿈☆은 이루어진다

나는 형을 영원히 응원할 꼬야!

68. 삐꼿

언니, 정말 부러워요.

뭐가.

내 고양이 아냐. 쟤가 그냥 이곳에 와서 맘대로 사는 거지.

삐꼿

언니처럼 당당하게 비혼의 길을 걷고 싶거든요.

그렇지. 차는 역시 미니밴이지. 언니는 뼛속까지 사업가!

결혼 환영! 대가족도 OK!

삐꼿

가족들 태우고 여행 가고 싶어서 큰 차 산 거야.

삐꼿!

이런 가게 차려서 저렇게 고양이도 키우고 싶어요.

물론 지금은…

특별한 가족들을 태우고 있지만.

69. 연애절임

나래 언니. 그럼 연애한 지는 얼마나 됐어요?

한 3~4년 됐나?

제일 기억나는 남자 있어요?

헉. 얼굴이 왜 기억 안 나지?

연애할 땐 온갖 감정 다 느끼며 죽자 살자 푹 절인 배추처럼 연애에 절어 살았는데.

사람이 이렇게 달라지나.

……

언니.

왜.

맥주의 효능은?

탈모 예방! 변비 개선! 면역력…!

지금 애인에 저렇게 빠져 있는데

소화 촉진! 피로 회복! 당뇨 개선…

옛날 애인들이 기억날 리 있나.

70. 날 위한 꿈

우리 도장 현판을 부순 놈이 누구냐?!

이 지역 맥주는 내가 만든 걸로 판다.

체코 원조 맥주 지방으로 가서 인정받으며 장사하는 게 꿈이야.

언니. 오지고 지려요!

도장 깨기인 거냐?!

시끄럽고. 내 맥주나 마셔!

내가 그곳에서 정착하면 콜 할게. 꼭 와.

당연하죠!

헉. 사부님!

사부님!

꿀꺽. 꿀꺽.

동훈 독립 자금

○○은행

○○은행

할머니 노후 자금

내가 졌다! 맥주 맛있어!

후후.

내 통장 60만 원

날 위해서는 무슨 꿈을 꾸어야 할까?

Essay 14.

고독남

그의 이름은 '고독남'이었다.

성은 고 씨에 이름은 독남, 내가 지어준 이름이었다.

고독남은 인생 시뮬레이션 게임에서 살고 있었다.

이 게임의 캐릭터들은 어느 정도의 자유 의지를 갖고 있어서

내가 지정한 일들을 순차적으로 해 나가기는 하지만

싫다고 안 할 때도 있고 에너지가 모자라 못할 때도 있었다.

아무튼 우리 독남이는 소박한 싱글라이프를 살 계획이었다.

알고리즘의 벽에 부딪히기 전까지는 말이다.

이 게임의 공략법에는 암묵적인 팁이 하나 있었다.

혼자서는 힘들고 식구를 늘리는 것이 유리했다.

캐릭터가 활동할 수 있는 에너지에는 한계가 있기 때문에

누구는 나가서 돈을 벌어 오고

누구는 집에서 가사 노동을 분담하는 작전이 유리했다.

나와 우리 독남이는 그런 뻔한 공식을 거부했다.

야망은 없더라도 소소한 재미로 살아가기로 했다.

그래서 집도 작고 아담한 1층 주택으로 만족했다.

가구도 제일 싼 걸로, 인테리어는 생략.

대신에 커피에는 좀 욕심을 부려서

이탈리아에서 온 에스프레소 머신을 샀다.

영화 보는 것을 좋아하니 TV만큼은 큼지막한 걸로 들였다.

열심히 일하고 돌아와 커피 한 잔의 여유를 즐기며
소파에 편하게 누워 영화 한 편 보는 삶...

하지만 독남이는 피곤했다.
퇴근하면 소파에 앉아 곯아떨어지기 일쑤였다.
청소나 빨래가 쌓이면 캐릭터가 불행해진다.
독남이는 밀린 청소와 빨래를 할 때나 되어서야
에스프레소 머신에서 진한 커피를 뽑아 마실 수 있었지만
이 게임에서 커피는 정신을 차리게는 해도 체력을 깎아먹어
독남이는 이내 뒤를 따르는 졸음에 쫓기며 청소를 해야 했다.
(독남아, TV가 있는데 왜 보지를 못하니...)

고독과 여유를 즐기며 살았어야 할 독남이는
삶에 떠밀려 '독하게 사는 남자'가 되었다.
독남이는 밀린 빨래를 하려고 에스프레소를 뽑고
나는 그런 독남이를 보며 믹스커피를 탔다.
야망 없이 소소한 재미로 살겠다고 했지만
어쩌면 소소한 재미를 즐기겠다는 것부터가
우리에겐 분에 넘치는 야망이었나 보다.

71. 살갑게

아빠. 치킨 시켰어?

오랜만에 만난 아빠보다 치킨이 먼저인 거냐?

50m 전방에서 좌회전.

목소리 넘 예쁘다~.

아빠. 엄마한테 들었는데…

응.

30m 전방에서…

우회전 할게~!

다른 여자한테는 살갑게 대한다면서?

풉!

네비년한테는 참 살갑네. 이러니 이혼하지.

약 500m 전방에 과속 단속 카메라가 있습니다.

이런~. 내가 속도를 좀 냈네? 친절 땡큐~.

내가 당신한테 다정하게 얘기했으면

이혼 안 했을 것 같아?

72. 드루와플

어. 저 와플집. 아직도 있네.

우리 지금… 이렇게 사이가 좋은데

왜 이혼 했지…?

드루와 드루와
드루와플

들어가 보자.

연애할 때 와 보고 몇 년 만이냐.

남았다. 싸 가자.

놔둬. 어차피 안 먹을 텐데.

엄마한테 물려 받았나 봐.

똑같이 생겼네. ㅋ

어차피라니. 아까운 줄 알아야지.

챙겨서 집에 가면 결국 누가 먹었어? 팍 삭은 와플 결국 내가 먹었잖아.

비 쫄딱 맞고 이곳으로 피했다가 발견한 집이었지.

그때 우리 모습 완전 가관 이었는데.

ㅋㅋㅋ

까르르

당신은 매번…!

네 성격 때문에…!

아. 이래서 이혼했지.

담임 너무 짜증나!

왜?

어이가 없어서!

진짜 어이 없네.

혜지야. 이번 모의고사 성적이 많이 떨어졌네.

아빠가 옆에 있었으면 담임한테 한마디 해 줬을 텐데!

네가 부모님 이혼하셔서 힘든 상황인 건 알지만

?!

담임 선생님! 우리 혜지가 이혼 따위에 영향 받는 아이일 것 같습니까?!

공부는 공부고 가정사는 가정사잖니?

…?!

받아.

네.

74. 행복한 대가족

아빠는 꿈이 뭐야?

지금 꿈?

응.

…생각 중이야.

회사 보너스.

에이. 그게 뭐야.

아 맞다. 어릴 땐 꿈이 있었어.

드라마처럼 왁자지껄 행복한 대가족!

꿈꾸기엔 많이 늦었거든. 뭐 그냥 생존할 뿐이지.

그런데 지금은 이혼남에 딸 하나밖에 없지만….

하지만 넌 기회가 많을 나이야. 우리 딸은 꿈이 있어?

뭐 어때. 가정을 잃기는 했지만

가족을 잃은 건 아니잖아.

75. 때가 왔어

투잡할 때가.

Essay 15.

원룸

지인이 이혼을 했다.

남의 개인사이니 이혼의 이유나 과정은 생략하고

어쨌든 직장 가까운 곳에 원룸을 얻게 되었다.

혼자 있기 그랬는지 저녁식사 때 사람들을 부르고 그랬다.

주변 사람들도 나이 들어 독립한(?) 것을 안쓰럽게 생각해서

원룸을 찾아가 배달을 시키거나 전자레인지를 돌리고 그랬다.

가끔 불러서 가 보면 뭐 좀 애매한 분위기였다.

나이들은 제법 든 아저씨들이

무슨 학생 때 친구 자취방에 모인 것처럼 있었으니까.

익숙한 메뉴를 시켜서 배를 채우고

때때로, 아니 거의 매번 캔 맥주를 따게 되고

TV를 좀 보면서 언제 일어서나 눈치를 보다가

집에서 걸려 오는 전화를 받고는 어색한 인사를 나누는 거다.

아내나 자식의 전화를 받고 불려 나가는 아저씨들은

결국 혼자 남을 이혼남에게 부럽다는 말을 남기고 떠났다.

사랑은 자유라도 결혼은 구속인가?

가족은 벗어나기 어려운 짐인가?

홀로 있는 사람은 구속받는 모습이 그립고

가족이 있는 사람은 홀가분한 자유가 부러울 것이다.

만화영화에 나오는 쫓고 쫓기는 장면처럼

서로가 서로를 부러워하지만, 딱히 정답은 없어 보인다.
정답을 확인하기 위해 자리를 바꿔 보기에는
그 과정에서 지불해야 하는 소모가 너무 커 보이고 말이다.

원룸 예약이 꽉 차 있다는 근황을 들었다.
최신형 게임기를 장만했기 때문이란다.
원룸에 가고자 하는 아저씨들이 많아졌기 때문에
수요와 공급의 법칙에 따라 집주인의 심사가 엄격해졌단다.
한 번에 갈 수 있는 인원에도 제한이 걸렸고
들고 갈 저녁 메뉴에도 신경을 좀 써야 예약이 잘 된다고 한다.

어른이 된다는 것은 수많은 선택을 하는 것이다.
선택은 꼭 어른만 하는 것은 아니겠지만
어른이 될수록 선택지는 좁아지되 따르는 책임은 커진다.
지인은 가족과 갈라설 것을 선택했고
그래서 홀로 살아가는 삶을 선택했다.
최신형 게임기와 예약을 기다리는 손님들 얘기를 들으니
아직까지는 그 선택이 조금은 버거운가 싶었다.

76. 광합성

헐. 대박! 우리 동네에 벤틀리가?!

찰칵

마당에 바비큐 굽는 데도 있고, TV도 100인치나 돼!

와! 대박!

엥? 쟤 겨운이잖아?

방도 엄청 많아! 마루 커튼도 말만 하면 열린다? 그 집은 얼마나 될까?

아빠!

네가 왜 거기서 내려?

민정이 집에서 놀다 왔어.

우리 집은 얼마 해?

민정이네 집 되게 커. 집에 화장실이 4개나 있다?

어. 그래?

여보! 쪼그라들면 안 돼…!

광합성이라고 생각해!

좋았어.

수많은 전투 끝에 얻어낸 길드성!

오빠. 이거 봐!

아. 노크 쫌!

6000년 묵은 용의 뼈와 드워프가 황금 엑기스로 페인트 칠한 성. 이건 돈으로 값을 매길 수 없지.

이 집 인테리어 죽이지? 내가 꿈꾸는 드림하우스.

뭐야. 온통 핑크잖아.

엄마의 드림하우스는 어떤 집이야?

난 이미 드림하우스가 있어.

겨운이가 안 아프고 살아가는 집.

에이~. 그게 뭐야.

뭐긴. 무탈한 집이 드림하우스지.

78. 엄마의 진화

모성애 럭셔리 에디션?

79. 리무진

요즘은 SUV가 대세…

넉넉한 승합차도 괜찮…

아무리 차가 좋다고 하지만, 결국 운전대 안 잡고 사는 게 장땡이긴 하죠.

그럼 그럼.

허허

뭐니뭐니 해도 제일 좋은 차는 법인차지. 허허.

인정.

나도 거의 평생 운전대 안 잡고 출근했으니까 성공한 인생인가.

요즘엔 캠핑이 가능한 차박이 인기더라고요.

어. 그거.

허허

좀 늦었지만 자식한테 부탁해서 리무진 한번 타야겠어.

!

젊어 지방 영업 뛸 때는 매주 한 번씩은 했지.

와우! 대박!

부장님. 짱짱맨!

허허

영구차…

80. 심경 변화

퇴근~!

어. 유모차 바뀌었네?

누가 원해서 웃돈 주고 팔았어.

헐.

정가보다 이득!

개이득?!

그 돈으로 보험 보장도 늘리고

이참에 당신 거랑 내 보약도 좀 지었어.

대박!

그 유모차 정말 갖고 싶어 했잖아. 갑자기 왜… 심경 변화가 온 거야?

우리가 건강해야

아이도 건강하게 키울 거라는 생각이 들어서.

Essay 16.

자동차

자동차로 이동해야 할 일이 늘어나서
자동차 공유 서비스를 이용하게 되었다.
"세상 참 많이 좋아졌다." 같은 얘기는 하지 않으려 했지만
'시간 단위로 이런저런 차를 빌려 쓸 수 있다니!' 감탄하면서
뒤늦게나마 공유경제 시대의 일원이 되었다.

경차부터 전기자동차까지 여러 자동차를 타게 되었다.
같은 사람이 같은 시간에 같은 경로로 이동했지만
자동차 종류에 따라 다른 대접을 받는다는 생각이 들었다.
경차는 이용요금도 싸고 통행료와 주차비도 할인을 받아 좋았지만
차선을 변경할 때면 양보 받기가 쉽지 않았다.
'어디 경차가 감히!' 소리가 들리는 것 같았다면 좀 과민했을까?

남 얘기만 할 것도 아니었다.
사람 마음이 간사하다고 할까?
올려는 살아도 내려가기는 어렵다고
나 자신도 옵션이 더 좋은 상위 차종을 몰고 나면
전에는 잘만 몰던 경차가 깡통처럼 느껴지고 그랬다.
'아반떼 사러 갔다가 그랜저 뽑아 온다.'는 농담이
꼭 농담만은 아니겠구나 싶더라.

요즘 우리나라 자동차들이 점점 더 커져 간다고 한다.

자꾸 특정 차종을 말해도 될는지 모르겠지만
이번에 새로 나온 아반떼는 대충 봐도 쏘나타만 해 보이던데…
자동차가 커지는 게 아니라 사람들이 큰 차를 좋아하는 거겠지.
작고 아담한 차종들은 잘 팔리지 않고
같은 값이면 좀 더 크거나 커 보이는 차가 인기란다.

자동차는 이동을 위한 수단일 뿐이라고 말한다면
그거야말로 그냥 듣기 좋은 말일 뿐이다.
적어도 내가 경험한 대한민국 사회에서는
자동차란 내가 어떤 사람인지를 드러내는 수단이다.
아파트를 사는 것보다는 자동차를 사는 것이 쉬우니
다들 무리해서라도 자동차만큼은 체급을 올리고 싶다.

후방카메라와 센서의 도움을 받아 주차를 해 보니
사이드미러나 백미러를 보는 일이 확 줄어들었다.
후방카메라에도 사각지대가 있으니 거울도 보라고 하지만
한번 편한 쪽으로 옮겨 간 몸과 마음을 돌리기는 쉽지 않다.
후방카메라 하나만으로도 신세계를 본 옛날 사람으로서는
차로를 벗어나면 자동차가 알아서 핸들을 돌린다거나
앞차와의 거리를 자동으로 맞춰 준다는 기능부터는
엄청 부자였던 친구 집에 초대받았던 기억처럼
궁금하기는 한데 섣불리 다가서기 어려운 마음이다.

81. 아니야 아니야

82. 눈치게임

손주 며느리가 아기는 빨리 낳을 거라고 해서

허리가 나가서 얼마나 고생했는지!

지금 아이를 누가 맡느냐 눈치게임 중이야.

1!

지 새끼는 지가 키워야 해!

맡지 마!

공부하랴 돈 벌랴 젊은이들이 얼마나 힘들겠어.

우리는 그래도 시간이 좀 남잖아.

내 딸 고생할까 봐 손주 놈 덥썩 봐줬다가

그럼 우리 애 언제 봐줘?

나라고는 안 했어!

헐. 진짜?

무슨 일이지?

갑자기 지방에는 왜 가셨어요?

와이프가 더 늦기 전에 직장으로 복귀하고 싶어 하는데

아빠 고향친구 오씨 아저씨 알지? 일 좀 도와주러 내려왔어. 좀 오래 있다 올라갈 예정이다.

아이를 친정 부모님께 맡기려고 전화를 드렸나 봐요.

미안하네. 애 때문에 전화한 것 같은데….

미안하긴!

그런데 지금 지방에 내려가 계신대요. 베이비시터라도 구해야 하나.

아…!

거짓말은 이럴 때 하는 거야. 우리도 노후는 즐겨야지!

단풍이 너무 예쁘죠?

84. 밑밥

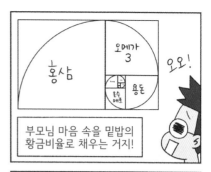

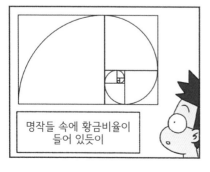

지방으로 뜰 때가 됐나.

손녀를 도맡아 키우는 내 친구가 하나 있는데

식용 색소로 식빵에 그림 그리기 놀이

손녀를 위해 유튜브 공부를 좀 했나 봐.

그 외에도 젠가, 과학실험 등 손주를 위해 다양한 놀이를 알아내 놀아 줬대.

와— 부럽

슬라임 놀이

그래서 지금은 아예 프로가 되었어.

프로요?

캠핑 놀이

할튜버 놀이 시간 ♡

유튜버 활동으로 바쁘거든.

Essay 17.

막내의 과학

두 누나들이 내게 가진 불만을 꼽자면
아들 프리미엄에 막내 프리미엄을 겹으로 챙겼다는 것이었다.
어머니는 누나들이 이런 항의를 할 때마다
당신은 자식들을 공평하게 대했다고 말씀하셨지만
과학자들에 따르면 대체로 엄마들은 막내 편을 든다고 한다.

2013년 연구니까 이것도 좀 된 얘기인데
호주의 연구진이 2~6세 사이의 막내를 둔 엄마 747명을 대상으로
첫째와 막내의 키를 어림잡아 벽에 표시하도록 했다고 한다.
엄마들이 대략 표시한 키와 실제 아이들의 신장을 비교한 결과
첫째의 신장은 거의 정확하게 표시한 반면
막내의 신장은 실제보다 작다고 느끼고 있었다는 것이다.
(연구 결과에 따르면 평균 7.5cm나 작게 느꼈단다.)

재미있는 것은 연구에 참여한 엄마들의 70%가
새로운 막내가 태어나면 그 막내가 작아 보이고
이제는 첫째나 둘째가 된 옛날 막내는 갑자기 커 보였다고 한다.
만약 당신이 한 집안의 막내로 태어났고 동생이 없었다면
실제 키가 얼마가 되었건 간에
엄마에게는 작아 보인다는 것이고
다른 형제들보다 더 많은 보호와 관심이 필요해 보인다는 것이다.
막내는 마흔이 되어도 아기처럼 걱정된다는 엄마들의 말은

적어도 인지과학적인 관점에서는 사실이었던 것이다.
(또는 누나들의 항의는 설득력이 있었던 것이다?)

할머니들이 손자, 손녀들에게 밥을 많이 퍼 주는 것도
비슷한 맥락이 아닐까 싶다.
요즘은 영양이 넘쳐서 문제인 시대인데도
손자나 손녀들이 오면 밥상을 가득 채워 주신다.
밥상 뒤에는 간식이 기다리고 있고...
아무래도 내 새끼의 새끼다 보니
더 작고 약하게 보이는 것이 아닐까?

일하는 곳에 외국인들이 여럿 있어 얘기를 들어 보니
손주들 배불리 먹이는 것에 의미를 두는 할머니들이
세계 곳곳에서 활동하고 계신다는 것을 알게 되었다.
언제 방문하겠다고 전화를 드리면
대뜸 "뭐 먹고 싶니?"를 물어보신다고 하는데
그 물음이 우리 할머니 목소리로 바로 들리지 않는가?

86. 고급 정보

다운 엄마. 얼마 전에 김치전 잘 먹었어!

감자전으로 또 해 드릴게요.

뭘 또 해~ 잘 먹을게

그거 며느리한테 알려 주기로 한 거 아니었어?

며느리라고 전화도 없고…

오는 게 있으면 가는 게 있어야지.

그것이 강호의 도리!

불끈!

C마트

1시간 전 도착! 1착으로 가야지!

이거 아무도 모르는 고급 정보인데…!

!

와… 할머니!

=3 =3 헉헉

며칠 후에 C마트에서 사람 뽑는다니까 꼭 가 봐!

C마트

번호표를 뽑으세요!

바글바글

사무실

150

…고급 정보 맞아요?

87. 면접

면접 잘 봐야 하는데….

65번! 들어오세요!

헉! 벌써?!

두근

두근

포부형으로 밀고 갈까?

신선한 아이디어로 C마트를 더 발전시키는…

두근 두근

인상… 무서워!

충성형?

가리는 일 없이 뭐든 다 해낼 수 있습니다!

여기다 신청서 놓고 가시면 되요. T.O 생기면 바로 연락 드릴게요.

방긋

감정 호소형?

애가 둘인데다 개도 밥을 많이 먹고…

뭐야.

C마트

151

끝이야?

88. 명대사

아저씨. 계산요.

네네!

휴….

이제 완벽 적응하셨네요.

사장님한테 POS기가 거의 적군 같았는데 말이죠. ㅋㅋ

얼마 전에 영화 '대부'를 봤는데, 이런 대사가 나오더라고.

친구는 가까이 두고.

적은 더 가까이 두거라. 마이클.

큰 깨달음을 얻었지.

에휴. 다 똑같구만.

90. 소중한 그릇

남의 밥그릇도 소중한 법인데.

Essay 18.

우리 동네 자본주의

우리 동네에 있는 대형마트가 뉴스에 나왔다.
좋은 소식은 아니었고 내년에 문을 닫게 되었단다.
나름 전국구였던 이 대형마트 체인은 경영 위기를 겪다가
무슨 사모펀드인가 하는 곳에서 사들였는데
이번에 그 사모펀드에서 몇 곳을 매각하기로 했다는 것이다.

돌이켜보니 이 동네에 산 것도 17년이 지났다.
이사를 왔을 때도 이 대형마트가 있었으니 나름 인연이 깊다.
대부분의 기억은 아이를 키우던 것과 이어져 있다.
그때는 대형마트를 24시간 열어 두던 때여서
애기 때도 분유나 기저귀 사러 제법 드나들었고
초등학교를 다닐 때도 급하게 준비물을 챙겨야 하면
새벽에라도 대형마트를 다녀왔던 기억이 있다.

카트에 아이를 앉히고 다니던 기억이 난다.
아이가 커서 더이상 그 자리에 앉을 수 없던 기억도 난다.
한동안 카트에 타고 다니기를 좋아하던 아이가
조금 컸다고 자기가 카트를 밀어 보겠다고
까치발을 하던 것도 생각이 난다.
대형마트에 있는 문화센터도 아이 때문에 갔었다.
다른 아이들과 섞여 박자를 맞춰 움직이던 모습이 떠오른다.
그때 알게 된 동네 학부형과는 지금도 가끔 연락하고 지낸다.

세상에 영원한 것은 없다.

모든 것은 변하기 마련이다.

특히 물건을 파는 일은 늘 변해야만 생존할 수 있다.

미국에서 경제대공황 때 슈퍼마켓들이 생겨난 것처럼 말이다.

뭐든 자본이 묻으면 그 변화들이 가차없기 마련이다.

애초에 무슨 사모펀드인가에 팔렸을 때부터

이렇게 팔려 나가는 날은 예정되어 있었을 것이다.

우리 동네 마트는 전국에서도 실적이 좋은 편이지만

단지 마트를 헐고 부동산을 개발하기 좋다는 이유만으로

우리 가족의 추억이 잔뜩 묻은 마트 하나가 사라진다고 해도

뭐 어쩔 수 없는 일이라면 어쩔 수 없는 일이다.

문 닫는 날은 좀 남았다지만

벌써부터 마트에는 빈자리가 눈에 띄고 있다.

맘 같아서야 당장 팔아 버리고 싶었겠지만

이런저런 사정 때문에 약속한 날짜였을 테니

그 빈자리를 뭔가로 채워 나갈 것 같지는 않다.

동네 아주머니 한 분이 그 마트에서 일하고 있었고

자리 나면 우리 집에도 귀띔해 준다고 했었다는데

지금은 어쩌시려나 모르겠다.

희망은 좋은 것인가? 아니면 낯간지러운 것인가?

희망은 가능한 목표인가? 아니면 막연한 변명인가?

요즘 우리 아이는 좀 더 큰 집에서 살기를 희망하고 있다.

어른인 나는 현재 나의 소득과 앞으로의 전망을 고려하고

여전히 갚지 못한 이런저런 대출을 따져 볼 수밖에 없다.

질문을 바꿔 본다면 어떨까?

더 큰 집에서 살고픈 희망이 가능한지 아닌지를 따지기보다

'희망을 현실로 가져오기 위해 필요한 것이 무엇인가?',

그리고 '바로 오늘 무엇을 해야 할까?'로 말이다.

희망 때문에 미치지 않고 희망하는 곳에 미치기를 바란다.

아버지가 평생 하셨던 일이라 처분 못 하다가

혹시, 저 기타 파실 생각은 없으세요? 저 친구가 제법 기타를 치거든요.

?

건물이 철거돼서 이제 정리하는 거예요.

그럼 어디 한번 쳐 보세요. 잘 치면 영구 임대!

실력을 보여 줘!

여기 악기들도 처분하세요?

악기들은 따로 챙겨 갈 건데…

징가

지징가

형님. 동훈이가 저 기타에 관심이 있나 봐요.

지지징

띠유~

음… 손기술이…

표정을 따라가야 할 텐데.

92. 아지트

어쨌거나 기타는 얻었다.

덕분에… 감사합니다.

깟똑!

회사 창고가 있으니까 여기서 연습해. 형님이 허락하셨어.

깟똑!

찰칵

아지트 생겼다. 뭐가 상상되냐?

깟똑!

동상동몽.

저 캐비닛은 가급적 열지 마.

형님은 높은 산에 다니시고 나는 깊은 바다에 들어가고. 우린 극과 극의 만남이지.

옆 빈칸에 니 악기가 들어가면 좋을 것 같다.

보지 말라면 더 보고 싶은 게 인간의 심리.

우리 팀명 만들까?

등산 장비랑 잠수 장비잖아?

등산맨 잠수맨 기타맨

삼맨져스.

94. 결혼하고 싶다

코인빨래방은 나에게 힐링 장소야.

아저씨한테 감사합니다 해야지!

감사합니다.

빙글빙글 돌아가는 빨래와 노래를 들으면 이상하게 피로가 풀리거든.

......

오늘은 피곤 풀기 좀 어렵겠는데요.

오늘 다시 해 봐야겠는데. 그 게임.

무슨 게임요?

죄송해요.

괜찮습니다. 이 게임 해 볼래? 빨래 다 끝날 때까지만 빌려 줄게.

가상 결혼 시뮬레이션 게임

부부일 SIMS

결혼하고 싶어졌어.

20년을 키워야….

Essay 19.

그룹사운드

지금 생각해 보면 무지 촌스러운 표현인데
우리 어렸을 때는 '그룹사운드'라고 불렸다.
그러니까 나 어렸을 때를 기준으로 말한다면
'송골매', '산울림', '들국화' 같은 밴드들을
옛날에는 그룹사운드라는 국적 불명의 표현으로 불렀었다.
(모여서 소리를 낸다는 뜻이었을까?)

주로 록이나 팝을 연주하는 밴드들은
기타, 드럼, 베이스, 보컬을 기본으로 하고
키보드나 타악기를 추가하는 구성일 것이다.
우리 때는 화려한 기타 연주가 유행하던 시절이었다.
스웨덴의 누구는 남들보다 세 배는 빠르게 친다는 식으로
기타 속주가 실력의 척도처럼 여겨지던 때도 있었다.
내 경우엔 베이스 소리에 묘하게 이끌렸는데
대부분 베이스 연주자들은 무심한 표정들이어서
어린 나이에는 그게 또 그렇게 멋있어 보이고 그랬다.

한때 밴드의 길을 진지하게 고민했던 친구 말에 따르면
밴드의 핵심은 자기들의 음악이라고 하더라.
밴드라는 정체성을 유지하려면
자기 내부에서 곡을 만들어 나가야 한다는 것이었다.
최근 세계적으로 화제가 되었던 '퀸'에 대한 영화에도

음을 떠올리고 이걸 음악으로 만들고 녹음하고 공연하면서
밴드 멤버들이 싸우고 화해하는 과정이 들어 있더라.

한때 밴드의 길을 진지하게 고민했지만 잘되지 않아
지금은 회사원으로 살아가는 친구에 따르면
밴드가 결성되는 과정은 연애와 비슷하고
밴드가 데뷔하는 것은 결혼과 비슷하고
밴드가 해체하는 것도 이혼과 비슷하다고 했다.
음악적 방향처럼 큰 줄기가 달라 틀어지기도 하지만
밥 먹는 습관처럼 작은 것에서 틈이 생겨 갈라서기도 하고…
(사족을 달자면 이 친구는 밴드 해체와 이혼을 모두 경험했다.)

서로 다른 사람들이 모여 하나의 소리를 낸다는 것은
생각보다 쉬울 수도 있고, 생각처럼 쉽지 않을 수도 있다.
연애할 때 좋았던 것을 결혼해서 찾으면 없는 게 당연하다.
결혼에서는 다시 결혼해서 좋은 것들을 찾아야겠지…
그동안 함께 지내면서 이래서 좋았다는 것보다
이것 때문에라도 같이 지내지 못하겠다는 것이 늘어간다면
더이상 함께 가기는 어려울 것이다.
때론 방향만큼 방법도 중요하니까 말이다.

엄마. 민정이.

안녕하세요.

아. 벤툴리 그 집!

그래. 어서 와.

민정이가 우리 집에 와서 불편하면 안 되잖아.

어휴. 참. 애가 그릇, 잔 따지겠어?

편하게 놀아.

네!

까르르

잠깐. 나도 용돈을 좀 줘야 하나?

헐. 당신이 고이 모시는 잔이잖아? 쓰려고?

만 원은 좀 적나?

10000

간식에 너무 힘주는 거 아니야?

티뉴도 없어서…

5만 원은 내가 좀 부담되고…. 그럼 3만 원?

부잣집 아이라 이걸로 만족 할까?

오늘 우리 부부 자격지심 충만이네!

제가 딸부잣집에 결혼해서 동서가 둘인데요.

윗 동서는 돈이 많고

아랫 동서는 고학력이죠.

둘 다 부족한 저로서는 동서들 만나면 괜한 열등감이….

돈 많고 고학력인게 뭐?

다 똑같은 인간일 뿐야!

실적 평가에서 꼴등이던데 정신 좀 바짝 차리지 그래?

꺼져!

이 자격지심 XX야!

98. 돈의 능력

회사는 사람을 돈으로 평가하지. 연봉이 능력의 척도니까.

돈은 생각보단 능력이 대단치 않아.

까딱

하지만 돈은 사랑하는 사람을 살리지 못하지.

아이고. 동생이 용돈을 또 보냈네! 답장해 줘야겠군.

꾹꾹

돈은 멍청이를 천재로 바꾸지 못하고

아우라면서 왜 형이라고 불러요?

형. 용돈 고맙수!

위급한 사람을 구조할 때도 목적은 생명이지 돈은 아니잖아.

용돈 잘 보내면 나한테는 형이야.

돈의 능력… 엄청난데?

99. 미래의 가족

미래의 가족
가족의 미래

다음은 누가 발표해 볼래?

현… 현실의 가족만 가족이라고… 생각하지는 않습니다…

반장의 저 준비된 눈빛. 하지만 넌 너무 자주 발표하잖니.

내가 가족이라고 생각하는 존재가 있다면 가상 캐릭터라도 가족이 될 수 있다고 봅니다.

일단은 눈길을 다른 데로… 엇!

헉! 눈 마주쳤다!

가상 아바타나 인공지능 캐릭터도 충분히 소통이 가능하기 때문에 언젠가는 결혼도 가능하다고 봅니다!

그래. 정다운. 한번 발표해 봐.

으… 싫어.

누가 내 얘기하나…

청혼하시겠습니까?

171

왜 이리 귀가 간지럽지?

100. 디지털 가족

말도 안 돼. 가상 캐릭터, 인공지능과 어떻게 가족이 되고 결혼까지 해?

우리 흡입이. 오늘 배가 많이 고팠나 봐?

결혼이나 할 수 있을까…?

결혼정보 회사 앱을 연결…

인사해. 새 식구야.

안녕. 도리스!

안녕하세요. 도리스. 제 이름은 와이즈예요.

안녕하세요. 와이즈.

오늘 날씨는 너무 좋아요.

산책하기 좋은 날씨죠.

그래. 같이 산책하자!

저를 가방에 넣어 주세요.

…!

떨어뜨리면 안 되요.

나 지금…

다운이의 생각처럼 살고 있는 건가.

외할아버지

어머니께 옛날이야기를 듣다 보면 당시에는 심각했을 이야기도
지금은 좀 코믹한 상황처럼 들릴 때가 있다.
예를 들어 6.25 전쟁 때 동네에 인민군이 쳐들어왔다는 애길 듣고
"빨갱이가 왔다!"며 놀라 친구와 이야기를 주고받았는데
빨갱이라서 정말 온몸이 빨간색일 줄 알았지만
알고 보니 옆에 있던 군인 아저씨들이 그 '빨갱이'였다는 얘기.
지금은 재미있는 추억으로 이야기를 하시지만
사실 목숨이 위태로운 상황이었던 것이다.

어머니께서 해 주시는 옛날이야기는
1950년대에서 1970년대 사이를 배경으로 하고 있는데
신기하게도 2000년대에 태어난 우리 아이가 쉽게 이해를 한다.
TV에서 본 '검정 고무신' 애니메이션에서 보릿고개도 보았고
전쟁으로 장애인이 된 상이군인도 보았다는 것인데
어떨 때는 어른들에게 이야기를 전해 들은 나보다
'검정 고무신'을 본 우리 아이가 그 시대를 더 잘 아는 것도 같다.

외할아버지를 직접 뵌 적은 없다.
외할아버지는 어머니께서 어렸을 때 돌아가셨다고 하는데
동네에 약이 없어서 외할머니께서 고생을 하셨다고 한다.
미군 부대까지 찾아가서 약을 구하셨다는 얘기도 들은 것 같은데
어려서 귀동냥한 이야기라 나도 좀 가물가물한 것이 사실이다.

외할아버지를 직접 뵌 적은 없지만
외할아버지의 인생 신조랄까 지혜 같은 것은 기억하고 있다.
어머니께서 전해 주신 외할아버지의 대표적인 사상(?)은
"소 꼬리보다는 닭 대가리"였다고 들었다.
이 어록을 들었던 사춘기 '갬성'에도 뭔가 있어 보여서
그 후로 나름 닭 대가리를 추구해 왔다면 왔는데,
나이가 제법 든 지금 누가 물어 본다면
닭 대가리를 하고 싶다면 말리지는 않겠지만
정년 보장되고 연금 나오면 소 꼬리를 추천할 수도 있겠다.

외할아버지의 소소한 어록 중에는
"한 숟갈 더 먹고 싶을 때 수저를 놓아라."도 있었다.
어머니는 밥상머리에서 이 말을 자주 전하시고는
어록과는 다르게 밥을 더 퍼서 주시긴 하셨지만 말이다.
배부르면 더 먹지 말라니 당연한 이야기 같으면서도
매사에 욕심부리지 말라는 뜻으로 새겨볼 수도 있겠다.

요즘 식으로 표현하자면
어머니를 통해 외할아버지의 '밈(meme)'이 전해진 것일까?
가족이란 생물학적인 유전자를 전달하게 되지만
어쩌면 그보다 더 중요한 무언가를 전하지 않나 싶다.
얼굴도 한 번 뵌 적 없는 외할아버지의 어록이
내 인생에 이런저런 영향을 준 것을 보면 말이다.

101. 리듬 속 돈가스

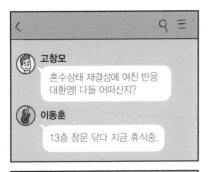

고창모
혼수상태 재결성에 여친 반응
대환영! 다들 어떠신지?

이동훈
13층 창문 닦다 지금 휴식중.

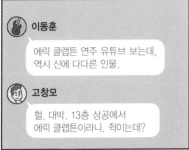

이동훈
에릭 클랩튼 연주 유튜브 보는데,
역시 신에 다다른 인물.

고창모
헐. 대박. 13층 상공에서
에릭 클랩튼이라니. 쥑이는데?

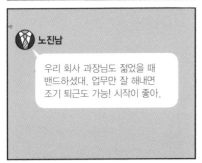

노진남
우리 회사 과장님도 젊었을 때
밴드 하셨대. 업무만 잘 해내면
조기 퇴근도 가능! 시작이 좋아.

고창모
한우식. 넌 상황이 어떠심?

와이프가 장인어른 돈가스
가게에 올인하라는데. ㅠㅠ

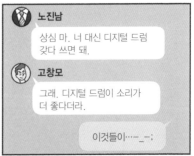

노진남
상심 마. 너 대신 디지털 드럼
갖다 쓰면 돼.

고창모
그래. 디지털 드럼이 소리가
더 좋다더라.

이것들이…_ _;

이동훈
드럼이 고기 다지기 위한
수련이라고 해.

통하려나…?

장인어른! 고기 다질 때
리듬감은 필수죠?

그렇다고 말씀해 주세요! 네?

102. 신혼집 인테리어

바탕면 정리를 깔끔히 해야 벽지를 발라도 깔끔해져.

알았지?

응.

페인트 롤러는 물에 한번 적셔 주고 털어야 잔털들을 제거할 수 있어.

가구 조립은 전동드릴 하나만 있으면 게임 끝.

좀 쉬면서 해. 그리고 할 얘기가 좀 있...

요즘 LED는 앱으로 색을 바꿀 수도 있어.

거기 망치 좀!

넵!

밴드 재결성 말할 틈을 안 주네!

103. 두드려라

장인어른이 그러시는데

응…

……

돈가스 고기를 잘 다지려면 리듬감이 있어야 한다고 하시더라고

대신 조건이 있어.

뭔데?

그래서 생각한 건데…

나 드럼 연습 … 시작하면 안 될까?

다진 돈가스 고기 양을 1.5배로 늘려.

헉. 지금도 많은데…

혼수상태가 재결성하는군.

헉. 촉 대박!

싫어?

아니, 콜!!

두드려라(고기를). 그러면 문이 열릴 것이다!

104. 면담

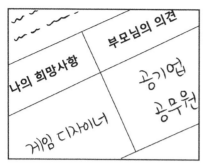

나의 희망사항	부모님의 의견
게임 디자이너	공기업 공무원

선생님은 왜 선생님이 되셨어요?

이 직업이 좀 좋아 보였거든.

부모님은 생각이 좀 다르시구나.

부모님이 강요 하신 건 아니고요?

그렇기도 했지.

공기업! 공무원! 직업에 '공'이 들어가야 해. 공!

열변

실은 좋아하는 분야는 따로 있는데…

포기하게 됐어.

직업은 내가 갖는데 왜 부모님이 정해야 하는지 모르겠어요.

다운아. 내가 이 직업을 선택한 게 잘한 것 같니?

누가 누구를 면담하는 거지?

105. 선택의 이유

임준이 형은 예전에 게임회사 다녔다고 했죠?

응.

아뇨. 이 게임은 문제가 많은 게임이에요.

저도 그 분야로 직업 갖고 싶어요.

왜 그렇게 생각해?

스토리도 약하고 맵도 엉망이죠. 차라리 맵에 신경을 더 써서…

멋져 보이잖아요. 게임을 만드는 사람!

…

직업은 마냥 좋아 보여서 선택 하는 게 아니라

게임이 그렇게 재밌냐?

내가 하면 더 잘할 수 있다고 생각이 들 때…

!

그 직업을 선택한다고 봐.

Essay 21.
경양식당

1980년대였을 것이다. 중무로 부근이었다.
지금 위치로 말한다면 진양상가와 중구청 사이쯤일 것이다.
뭔가 좋은 일이 있을 때면
어머니는 우리 삼남매를 데리고 경양식당을 찾았다.
경양식? 이름처럼 가벼운 양식이었을까?
메뉴로는 '돈까스', '함박스텍', '비후까스'가 기억난다.

1980년대의 경양식당이나 다방에는
사람 어깨 높이 정도의 칸막이가 있었고
소파 느낌의 푹신한 의자들이 있지 않았나 싶다.
메뉴를 고르고 몇 가지 선택을 하게 되는데
당시에는 식당에서 뭘 고르는 일이 거의 없었기에
경양식당에서 주문을 하다 보면 뭔가 좀 으쓱해지곤 했다.
그래 봐야 크림스프인가 야채스프인가 하고
식사를 밥으로 할 것인가 빵으로 할 것인가 정도였지만 말이다.

다음엔 새로운 것을 시켜 보아야지 하다가도
결국엔 돈까스와 함박스텍 사이를 오가는 거다.
돈까스는 넓게 펴서 갈색 소스를 뿌려 나오는 방식이고
함박스텍은 나무판 안에 쇠로 된 부분에서 지글거리며 나왔는데
노른자가 살아 있는 계란프라이가 얹혀 있는 게 중요했다.
'비후'는 소고기(비프)를 뜻했다.

비후까스, 비후스텍 같은 메뉴가 궁금하기는 했지만
몇 천 원은 더 붙어 있었기에 상상의 세계로 남겨 두어야 했다.

경양식당은 1970년대에서 1980년대까지 유행했다고 한다.
미국식과 일본식 패밀리 레스토랑이 들어오면서
동네에 있던 경양식당들은 빠른 속도로 자취를 감췄다.
그래도 경양식당의 주력 메뉴였던 돈까스와 함박스텍은
기사식당이나 왕돈까스 집 메뉴로 이어져 지금도 현역 활동 중이다.
두툼하게 튀겨서 잘라져 나오는 일본식 돈까스와 구별 지어
넓게 펴서 튀긴 것은 '옛날 돈까스'라는 이름으로 불리고 있던데
내가 어려서 먹던 돈까스가 이제는 '옛날' 돈까스가 되었다.

레트로가 유행이라며 경양식당이 다시 생긴다고 한다.
우리나라에 처음 서양요리가 들어왔다는 1920년대를 꾸미기도 하고
응답하라 몇 년도 느낌으로 1980년대를 꾸민다고도 한다.
한번 가 볼까 하다가도 멈칫하게 되는 이유는
누나들과 함께 즐기던 특별한 외식의 추억을 아끼기 때문이다.
때로 추억 속의 맛은 기억으로 간직하는 것이 나을지도 모르겠다.
비록 세월을 따라 바래지고 흐려지더라도 말이다.

106. 조수석보다는 운전석

우리집은 주로 남자들이 사고를 치면 여자들이 해결을 해 왔지.

신혼집 인테리어도 직접 한다고 들었다. 용타. 용해.

며느리 네가 우리집에 들어오면서

가정이 자동차라고 한다면 저는 조수석보다는

그런 전통이 더 강력해졌다. 아주 뿌듯하구나.

제가 직접 운전하는 게 낫거든요.

그게 뭐가 뿌듯한 일이라고!

사과 드리오.

오늘 힘들었지? 내가 운전할게!

아까 뭘 들은 거야~!

친구 한우식의 품앗이 결혼식.

여성분들의 인맥 네트워크 대단하네요.

잘 풀리는 '고요 속의 외침' 게임 보는 것 같아요.

친구 품앗이 결혼식이 잘 될까 걱정했는데 할머니 덕이에요.

뭘.

내가 잔치국수 맡을게!

저는 전을 부칠게요.

OK?

OK?

나는 전 부칠게!

저는 수제맥주 제공!

요것의 깊은 뜻 알지?

108. 대답이

지금도 늦지 않았어. 도망 가!

결혼하는 게…
잘하는 건지.
저도 잘 모르겠어요.

난 유부남.
애만 셋.

허걱!

결혼에 대해
한 수 가르쳐
주세요.

깊은 곳 동굴을 잠수할 때면
어디가 위고 아래인지 분간할
수가 없을 때가 있지.

우리 형님은 모솔이셔.

끄덕!

헉.

그럴 때
물방울이 올라
가는 곳을 따라가.
그게 위니까.

두분 다
싱글…

결혼도 마찬
가지야. 물방울은
와이프야.

믿고 따라가.

110. 자일 파트너

암벽 등반엔 자일 파트너… 라는 게 있어.

영화에서 자일 끊는 장면이 있던데 그건 이혼인가?

감동 파괴. 갑!

그렇네.

서로를 의지 하기도 하고 보조하기도 하지. 생명 안전을 위해서.

엇!

비틀

파트너가 잡아 주는 자일에 의지해 포인트를 잡아 차근차근 올라가는 것.

은이야. 위험해!

짜!

결혼 생활도 그런 거 아닐까 싶은데.

언제 왔어?

방금.

우리… 멋진 자일 파트너가 되자.

Essay 22.

빨간색 포니

빨간색 '포니'였다. '2718' 번호판도 기억난다.
어린 나이라 자세한 사정은 몰랐더라도
우리집에 빨간색 자가용이 생겼다는 것 하나만으로도
집안 살림이 나아지고 있다는 것을 실감할 수 있었다.
포니 자동차는 대한민국 첫 고유모델이자 독자생산 모델이었다.
마땅한 국산 자동차가 없던 시절에 등장한 포니는
출시 첫해인 1976년에만 1만 대 넘게 팔리는 대인기였다고 한다.

부모님 두 분 모두 운전면허를 따셨지만
운전은 주로 어머니가 맡으셨다.
아버지는 조수석에서 이런저런 잔소리를 하셨고.
당시에는 여성 운전자가 흔치 않았던 시절이라서
어머니가 운전을 하면 다들 한 번씩 쳐다보고 지나갔다고 한다.
언젠가는 길에서 차가 퍼졌는데 모르는 아저씨들이 와서는
길가로 차를 밀어주며 도움을 주었던 것도 기억이 난다.

자식 입장에서 이런 얘기는 좀 조심스럽지만
우리 아버지는 약간(?) 새가슴 계열이시고
어머니는 매우 리더십이 있다고 할까, 그런 분이셨다.
어머니는 운전 연수를 받은 지 얼마 되지 않았던 때에
광화문 대로로 온 가족을 태우고 차를 몰고 나가셨는데
지금도 그렇지만 그때 기준으로도 광화문은 붐비는 곳이라

차선을 바꿀 타이밍을 찾느라 고생을 하셨다고 한다.
그때 우리 아버지는 차를 세우라고 말씀하시고는
아들인 나만 챙겨서 내리셨다고 하는데
그 일을 두고 오래도록 누나들은
"마누라랑 딸은 죽어도 되고 아들만 챙기나?" 항의를 했다.
(기억이 나지 않는다는 것이 아버지의 공식 입장이시다.)

우리 어머니는 일찍부터 일을 하셨다.
아버지와 함께 남대문시장에서 장사를 오래 하셨는데
어디까지나 어머니 입장을 옮겨서 말한다면
아버지가 까먹을 것을 어머니가 막는 구조였다고 하신다.
어머니는 공부를 더 하지 못한 것을 아쉬워하셨다.
아들은 학교에 보내면서 딸들은 공장에 보내던 시대였으니까.
때로 어머니는 다른 시대를 만났다면... 하는 가정을 하신다.
만약 원하는 만큼 공부를 더 하셨다면 어떻게 되었을까?
만약은 어디까지나 만약이니 뭐라 하기는 어렵다.
맨손으로 시작해서 집도 마련하고 자식들 모두 대학에 보냈으니
어머니의 능력 하나만큼은 그것으로도 증명이 되지 않았나 싶다.
빨간색 포니를 몰고 광화문 대로를 달리던
그 씩씩한 여성이 바로 우리 어머니였다.

이번에 저희 밴드가 축가를 직접 연주하기로 했어요.

아. 맞다. 너 고등학교 때 밴드부였지. 이름이 네 글자였는데.

아자뵤!

헉.

그래! 무아지경!

아… 뇨.

모교의 농구장을 결혼식장으로 정할 생각을 하다니. 역시 학생회장다워.

선생님!

오리무중? 사면초가?

아뇨.

아뇨.

주례 맡아 주셔서 감사합니다.

내가 제일 좋아하는 두 제자인데 당연히 해야지.

과대망상? 귀곡산장?

선생님. 우리가…

선생님이 제일 좋아하는 두 제자… 맞나요?

112. 깨어날 밴드

미국 필라델피아.

오늘은 당신이 좋아하는 비틀스 노래 틀어 줄게요.

그 기사를 읽고 밴드명을 혼수상태로 지었죠.

맞다! 혼수상태!

오늘은 새 책을 가져왔어요. 읽어 줄게요.

언젠가 우리도 깨어날 것이라는 믿음이 깔린 밴드명이죠.

비록 혼수상태지만 제 목소리는 다 들을 거라 믿어요. 반드시 깨어날 거예요!

새 인생, 결혼을 앞두고 있는 너는 이제 곧 깨어날 사람이겠지.

선생님…

여보! 깨어났군요!

여보… 여기는…

하지만 결혼하면 정신 똑바로 차리고 살아야 해. 한 방에 훅 갈 수도 있어.

밴드명도 '정신일도'로 바꿔!

선생님께 주례 맡기는 거… 괜찮을까?

113. 쇼생크 탈출

쿵짝!
쿵짝!

원, 투,
쓰리, 포!

애들 연주하라고
체육 선생이
창고 빌려줬어요?

네. 축제 때
공연이 있다 해서…

학생들 야자
시간인데
소리 때문에
공부를…

스틱 없음

기타 없음

입만 뻥긋

얘들아. 학생주임
선생님이 소리 안 나게
연습하라는데
좀 부탁한다. 응?

독방 같은
창고에서 난생 처음
상상으로 연주를
연습했어요.
이건 마치…

밴드 연습인데

소리 없이 연습
하라니… 말이
안 되지.

독방에서 오페라
'피가로의 결혼'
멜로디를 떠올리며
버티는

Che~
soave~
Zeffiretto~

'쇼생크 탈출'의 주인공 앤디가 된 기분이었죠.

고러줿!!!

Essay 23.

희망은?

바로 지난달에 본 것처럼 눈앞에 떠오른다.
누명을 쓰고 교도소에 갇힌 주인공은
교도소 도서관에서 책을 정리하다 우연히 축음기를 발견한다.
교도관들 몰래 음악을 듣다 충동적으로 교도소로 방송을 한다.
뜬금없이 교도소에 울려 퍼지는 모차르트의 아리아와
그 노래가 무엇인지 알지 못했고 알고 싶지도 않았던 죄수들이
노랫소리에 홀린 듯 허공을 응시하던 장면이 있었다.

찾아보니 영화 '쇼생크 탈출'은 1994년 작품으로
우리나라 극장에는 1995년에 개봉했다.
엊그제 본 영화 같은데 25년이 지나버렸네...
이 영화를 인생 영화라고 부르는 이들을 제법 보았다.
영화 포스터에도 큼지막하게 적혀 있었던
"새장 속에 가둬 둘 수 없는 새들이 있다."가 기억난다.

교도소에 모차르트의 아리아를 울려 퍼지게 해서
잠시나마 죄수들에게 새장 속을 벗어난 기분을 느끼게 해 준 탓에
주인공은 독방에 갇히는 벌을 받게 된다.
독방에서 풀려난 주인공에게 죄수들이 "힘들었냐?"고 묻자
주인공은 "모차르트랑 있어서 순식간이었다."고 답한다.
"방에 축음기도 넣어 주었냐?"는 죄수들의 질문에
주인공은 자기 머리를 가리키며 "이 안에 있다."고 답한다.

이어 자기 가슴을 가리키며 "이 안에도 있다."고 덧붙이고.

이 영화는 '희망'을 말한다. 낯간지럽게 말이다.
"희망이란 위험한 거야. 사람을 미치게 만들 수도 있어."라며
'희망고문'을 경계하는 말도 나오지만
"희망은 좋은 거예요. 아마도 가장 좋은 것이겠죠.
그리고 좋은 건 절대 사라지지 않아요."를 기억하는 분들이 많겠다.

희망은 좋은 것인가? 아니면 낯간지러운 것인가?
희망은 가능한 목표인가? 아니면 막연한 변명인가?
요즘 우리 아이는 좀 더 큰 집에서 살기를 희망하고 있다.
어른인 나는 현재 나의 소득과 앞으로의 전망을 고려하고
여전히 갚지 못한 이런저런 대출을 따져 볼 수밖에 없다.
질문을 바꿔 본다면 어떨까?
더 큰 집에서 살고픈 희망이 가능한지 아닌지를 따지기보다
'희망을 현실로 가져오기 위해 필요한 것이 무엇인가?',
그리고 '바로 오늘 무엇을 해야 할까?'로 말이다.
희망 때문에 미치지 않고 희망하는 곳에 미치기를 바란다.

116. 실험

부부싸움은 '칼로 물 베기'가 아닙니다.

여기 단단하기로 유명한 컬링 스톤이 있습니다.

콜라 안의 이산화탄소 표면 장력을 멘토스가 약하게 해서

제가 무지막지하게 내려치니 이 돌도 부서지고 맙니다.

결국 폭발하게 되죠.

와!

결혼이란 이런 것입니다. 아무리 단단한 부부 관계라도

그 이상의 충격을 받으면 부서지고 마는 겁니다.

부부란 그런 겁니다.

상대의 자존심을 자꾸 약하게 만들면 끝내 폭발하죠.

여기 콜라 안에 멘토스를 넣어 볼게요.

다음 실험. 여기 나트륨이…

이거 결혼식 이야, 과학시간 이야?

까울~!

텅 빈 무대를 보니까 이 노래가 생각나네.

결혼이 끝나고 난~뒤~ 셋이서 객석에 앉아~

조명이 꺼진 무대를~

치우자.

119. 완벽한 가식

와. 엄마 아빠 젊은 거 봐!

예뻐.

춘스럽다

ㅋㅋㅋ 가식적인 포즈!

맛있어.

짜다

사진사가 시켜서 한 거니까!

사랑해.

힘들다

결혼 생활에 있어서 가식이 나쁜 건 아니다.

티 나지 않는 완벽한 가식은 인생의 중요 스킬 이라고 할까?

명심해라.

120. 애정 따위

어디 애정 따위가!

Essay 24.

선택

나는 언제부터 나인가?
나는 언제까지 나일 것인가?
누군가가 사라지는 것을 경험하게 되면
우리는 자연스럽게 나의 소멸을 떠올리게 된다.

이제는 세상에 없는 누군가를 꿈에서 볼 때가 있다.
꿈에서는 아무렇지 않게 만나고 이야기하다가
깨어나 그 사람이 더이상 없다는 것을 깨달으면
왠지 비를 잔뜩 맞고 어두운 방에 들어선 것 같은 기분이 든다.

왜 어릴 때를 기억하지 못하는 걸까?
연구에 따르면 성인들은 2~3세의 일은 거의 기억하지 못하고
3~7세 사이의 일은 일부만 기억한다고 한다.
(이건 꼭 연구를 안 해도 지금 떠올려 봐도 그렇다.)

'나'라는 자아 개념이 형성되기 전이라서 그렇다는 이론도 있고
언어를 습득하기 전이라 기억이 잘 남지 않는다는 설명도 있다.
해마 신경세포가 생성되는 과정과 관련되어 있다는 연구도 있다.
아이를 키워 본 경험에서 보면 부모는 어릴 적 모습을 기억하지만
정작 당사자는 "내가 그랬던가?" 할 때가 많다.
부모의 역할에는 여러 가지가 있겠지만
자식이 기억하지 못할 기억들을 간직하는 것도 있지 않을까 싶다.

부부는 각자의 선택으로 맺어지지만
부모와 자식의 만남에는 선택의 여지가 없어 보인다.
언제 자식을 낳는지는 선택을 할 수 있다고 하겠지만
어떤 자식을 만나게 될 것인가를 고를 수는 없다.
자식 입장에서도 어떤 부모를 만나게 될 것인지
어떤 몸으로 태어나 어떤 환경에서 자라게 될 것인지
미리 알 수도 없고 고를 수도 없는 노릇이다.

하지만 선택할 수 있는 것도 있다.
지금부터 어떤 부모로 살아갈 것인지 선택할 수 있다.
지금부터 어떤 자식이 될 것인지 선택할 수 있다.
바로 지금부터 어떤 사람이 될 것인지 선택할 수 있다.
지금부터라도 그런 선택들을 쌓아 나갈 수 있다.
언제부터가 나이고, 언제까지 나일지는 알 수 없더라도
적어도 지금만큼은 내가 선택할 수 있다.

《비빔툰 시즌2》로 돌아오고 어느덧 두 번째 책이 나왔습니다. 2권 표지에 정보통 가족이 아닌 옆집 식구들이 자리잡고 있는 것이 눈에 띕니다.

《비빔툰 시즌2》를 시작하면서 생각한 것이 '이웃'이었습니다. 《비빔툰 시즌1》이 정보통 가족의 성장기였다면, 시즌2는 정보통과 함께 살아가는 여러 이웃들의 이야기를 담고 싶었습니다. 옆집 식구들은 시즌2에서 정보통 가족이 이사 와 처음 알게 된 이웃이기도 하고요. 2권에서 출연 비중도 높아서 표지에 나오지 않았나 싶습니다.

1권의 정보통 가족도 그렇고 2권의 옆집 가족도 그렇고, 가족사진이랄까, 초상화 같은 느낌이네요?

어쩌면 이웃이나 가족들이 가족사진처럼 독자를 마주하는 것이 《비빔툰 시즌2》의 표지 스타일이 되지 않을까 생각도 듭니다. 독자 여러분들이 정보통과 이웃들을 보는 것이지만, 어쩌면 《비빔툰 시즌2》를 봐 주시는 독자 여러분들도 이미 '비빔툰' 월드의 이웃일지도 모르겠습니다.

《비빔툰 시즌2》가 되면서 눈에 띄게 달라진 것을 꼽자면 가족의 형태가 다양해졌다는 것일 겁니다. 표지를 장식한 동훈이네는 할머니와 손주들이 지내는 조손가정이고요, 시즌1부터 함께했던 동글이 과장은 이혼을 했고요, 시즌1에 비한다면 1인 가구도 여럿 등장합니다.

이미 우리 주변의 많은 가족들이 그러지 않을까요? 가족의 형태가 다양해지고, 한 가족을 이루는 구성원의 숫자도 점점 줄어들고 있죠. 예전에는 1인 가구가 늘어난다는 것이 뉴스가 될 정도로 특이한 일이었지만, 이제는 1인 가구를 대상으로 하는 제품이나 서비스가 히트를 친다는 식으로 다들 알고 있는 현실이 된 것 같습니다.

새로운 가족 구성원들이 늘어나고 있죠? 반려동물과 함께 지내는 분들은 당연히 가족으로 숫자를 세실 것 같고요, 만화에도 잠깐 등장했지만, 인공지능이나 가상 캐릭터가 가족 구성원이 되는 날이 올지도 모를 일입니다.

반려동물은 이미 현실인 것 같고요, 인공지능은 좀 두고 봐야겠죠?

코로나바이러스 이야기를 해 보죠. 저희가 1권을 작업할 때 대유행이 시작되었고, 2권을 낸 지금에도 아직 끝이 보이지는 않습니다. 2권에 코로나바이러스를 반영해야 하나를 놓고 이야기를 나눴었죠?

 네. 현실에서 많은 사람들이 마스크를 쓰고 다니고 직접 만나는 것을 힘들어하는 상황에서 만화가 이것을 반영해야 하나 고민을 했었습니다. 아직은 코로나와 관련된 상황을 직접적으로 묘사하지는 않았는데요. 앞으로 어떻게 할까는 계속 고민해 나갈 것입니다.

 코로나를 고려해서 밝게 가자고 하셨던 게 기억납니다.

 다들 힘든 일이 많고 견뎌야 할 것들이 많아졌으니까요. 만화를 보는 순간만큼은 즐겁게 웃을 일이 많았으면 하고 생각했습니다.

 코로나 이전으로 돌아가기는 어려울 것이라는 얘기를 하는 사람들이 있죠. '포스트 코로나'보다는 '위드 코로나'라는 사람도 있더라고요. 《비빔툰 시즌 2》에 코로나와 관련된 직접적인 이야기는 나오지 않더라도 코로나로 인해 새삼 생각하게 된 것들에 대해 다뤄 나가지 않을까 생각되네요.

거리두기를 강조하니까 오히려 연결과 소통에 대해 생각하게 되었죠. 가족이 분화되고 해체되는 추세였는데 거대한 위기에 맞닥뜨리다 보니 새삼 가족이 그리워지고요. 어떤 사람들은 거리두기에서 평온함을 느끼지만 어떤 사람들은 거리두기가 너무 괴롭고요.

'그래도 삶은 계속된다'는 제목이 떠오르네요. 이란 영화였는데요, 외딴 시골 마을에서 아이들을 데리고 영화를 찍었던 감독이 그곳에 지진이 났다는 소식을 듣고 찾아가는 내용이었습니다. 어쨌든 삶은 계속되고, 어떻게든 살아가는 거겠죠.

《비빔툰 시즌2》1권을 내고 나서 여러 피드백을 받았는데, 리얼 다큐 같다는 얘기를 들었어요. 그림체로 보면 명랑만화고 현실의 소재를 많이 반영하긴 했지만, 현실을 생생하게 반영하겠다고 생각한 것은 아니었는데 말이죠.

저는 1권에 대해 어떤 독자분이 남긴 리뷰가 기억납니다. 만화에 나오는 정보통 가족은 사이도 좋고 애들도 크게 엇나가지 않고 돈 없는 것 하나만 빼면 나쁠 것이 없어 보인다는 뭐 그런 말씀이셨는데요... 사실 요즘 세상에서는 '돈 없는 것', 그 하나가 가장 큰 문제잖아요?

이번 2권에는 먹고 사는 얘기가 많이 나왔죠. 그런데 먹고 사는 얘기를 하면 어딘가 고달프고 서글퍼지고 그래요. 일자리는 늘 위태롭고 통장은 숫자만 잠깐 찍히고 바로 비워지고...

 '먹고사니즘'이 중요한데... 그게 쉽지가 않네요. 2권에 새로 등장한 캐릭터 중에서 미국에서 온 마이클을 유독 이뻐라 하신 것 같습니다만?

 모든 캐릭터를 다 사랑합니다만... 제가 그거에 관심이 많았어요. 다른 이들의 시선으로 우리를 보는 거 말이죠. '비빔툰' 세계는 너무나 '우리'스러운 이야기지만, 때론 다른 각도에서 보고 싶었는데 마침 마이클이 와서 기대가 큽니다.

 1권을 작업할 때는 직접 얼굴 보면서 이야기를 많이 했는데요, 2권을 작업할 때는 전화나 메신저로 만나는 일이 많았습니다.

 사람 사는 일이 크게 바뀌지 않는 것 같으면서도 때로는 큰 고비를 넘어서는데, 요즘이 그런 때가 아닌가 싶어요. 변해야 할 것과 변하지 말아야 할 것들에 대해서 많은 생각을 하게 됩니다.

《비빔툰 시즌2》를 시작하고 어느덧 두 권의 책이 나왔습니다. '비빔툰'을 아껴 주시는 독자 여러분들께 인사 한 말씀 남겨 주시죠.

'비빔툰'이 시즌2로 돌아왔다고 반겨 주신 여러분들께 감사드립니다. 모쪼록 《비빔툰》이 독자 여러분들의 일상에서 국밥 한 그릇의 따뜻함으로 남았으면 하는 바람입니다. 앞으로도 열심히 하겠습니다. 지켜봐 주세요!

❷ 수고했어요 오늘 하루도

초판 1쇄 발행일 2020년 12월 30일

글 그림 홍승우
글 구성 장익준
펴낸이 박희연
대표 박창흠

펴낸곳 트로이목마
출판신고 2015년 6월 29일 제315-2015-000044호
주소 서울시 강서구 양천로 344, B동 449호(마곡동, 대방디엠시티 1차)
전화번호 070-8724-0701
팩스번호 02-6005-9488
이메일 trojanhorsebook@gmail.com
페이스북 https://www.facebook.com/trojanhorsebook
네이버포스트 http://post.naver.com/spacy24
인쇄 · 제작 ㈜미래상상

개별 ISBN 979-11-87440-73-4 (04810)
세트 ISBN 979-11-87440-59-8 (04810)